힐링 소사이어티

HEALING SOCIETY

힐링

깨달음만이 희망이다

소사이어티

一指 이승헌 지음

한문화

평화의 기도

"

세계적인 종교 및 정신 지도자들이 함께한 자리에서,

이 시대의 마지막 분단국인 한국인의 한 사람으로서

평화를 위한 기도를 드리게 된 것을

무척 의미 있고 기쁘게 생각합니다.

"

나는 이 평화의 기도를

기독교의 신에게 드리는 것도 아니요

불교의 신에게 드리는 것도 아니요

이슬람교의 신에게 드리는 것도 아니요

유태교의 신에게 드리는 것도 아닙니다

모든 인류의 신에게 드립니다

우리가 기원하는 평화는

기독교인만의 평화나

불교인만의 평화나

이슬람교인만의 평화나

유태교인만의 평화가 아니라

우리 모두를 위한

인류의 평화이기 때문입니다

나는 이 평화의 기도를

우리들 모두 안에 살아계신 하느님,

우리를 기쁨과 행복으로 충만하게 하시고

우리를 온전케 하시며

우리로 하여금

삶이 모든 인류를 위한 사랑의 표현임을 이해하게 하시는

하느님께 드립니다

어떤 종교도 다른 종교보다

더 우월하지 않으며

어떤 진리도 다른 진리보다

더 진실되지 않으며

어떤 국가도 이 지구보다 크지는

않기 때문입니다

우리로 하여금

우리의 작은 한계를 벗어나도록, 그리하여

우리의 뿌리가 지구임을

우리가 인도인도, 한국인도, 미국인도 아닌

지구인임을 깨닫도록 도와주소서

신은 지구를 만드셨지만

지구를 번영토록 하는 것은 우리의 일입니다

이를 위해 우리는

어떤 나라의 국민이거나,

어떤 인종이거나,

종교인이기 이전에

지구인임을 깨달아야 하며

인류의 영적인 유산 속에서

진정으로 하나임을 알아야 합니다

이제 종교의 이름으로 가해진

모든 상처들에 대해 인류 앞에 사죄함으로써

그 상처를 치유합시다

이제 모든 이기주의와 경쟁에서 벗어날 것을

그래서 신 안에서 하나로 만날 것을

서로에게 약속합시다

나는 이 평화의 기도를

전능하신 신께 드립니다

우리가 우리 안에서 당신을 발견하게 하시고

그리하여 언젠가 당신 앞에

하나의 인류로서 자랑스럽게 설 수 있게 하소서

나는 이 평화의 기도를

모든 지구인들과 함께

지구의 영원한 평화를 위해 드립니다

홍익인간 이화세계

2000년 8월 28일부터 31일까지 유엔에서는 '밀레니엄 종교 및 영성 세계평화 정상회의'가 열렸습니다. 이 회의에는 종교와 사상, 인종을 뛰어넘어 전 세계 종교 및 영성 지도자 1천여 명이 참석했으며, 이는 사상 최초로 이루어진 종교와 영성 지도자들의 만남이었습니다. 회의 첫날 '세계 평화를 위한 기도의 날'이라는 주제로 명상과 기도의 시간을 가졌는데, 이 시는 아시아의 영성 지도자를 대표해 일지 이승헌 님이 올린 기도문입니다. (편집자 주)

삶에는 분명 목적이 있다

인적이 없는 깊은 산속, 오직 나만 홀로 있었다. 아무것도 먹지 않고, 눕지도 자지도 않은 지 보름 정도 지났다. 참을 수 없는 통증이 머릿속을 파고들었다. 머리가 무섭도록 죄어들었다. 몸은 움직일 힘조차 없었고 입에서는 외마디 신음조차 나오지 않았다. 내 몸과 마음은 한계에 달해 있었다.

바로 그 순간, 귀가 먹먹해질 정도로 커다란 울림이 순식간에 내 존재를 뒤흔들었다. 그리고 지금까지 내가 살아왔던 세계와는 전혀 다른 세상이 내 앞에 열렸다. 끝도 시작도 없는 영원한 우주 속에 내가 있었다. 아니, 내 안에 하늘과 땅이 들어와 있었다.

"천지기운 내 기운, 천지마음 내 마음!"

내 입에서는 환희에 젖은 탄성이 절로 흘러나왔다. 아주 오래전 어느 땐가 잠시 만났다 헤어지고 나서는 기억의 일부로만 남아 있던 그 느낌을 비로소 온몸으로 다시 만난 기쁨이었다.

"나는 누구인가?"
"나는 천지기운이다."

내 안에서 질문과 대답이 동시에 터져 나왔다.

"내 몸은 내가 아니라 내 것이다."
"내 마음은 내가 아니라 내 것이다."

내 속에서 절로 울려 나오는 그 목소리는 분명 내 목소리였지만 예전부터 알고 있던 목소리가 아니었다. 우주의 근원에서 울려오는 명료하고도 웅장한 울림이었다. 그 순간에 나는 모든 생명의 근원이 빛과 소리와 파동이라는 것을 알게 되었다. 그리고 그 생명의 광음파光音波와 하나 되어 물결치는 나를 '보았다'. 우주 만물의 배후에서 생명의 흐름을 관장하는 경이로운 질서가 내 안으로 출렁이며 흘러들어왔다.

나는 비로소 오랜 세월 방황을 거듭하며 찾아 헤매었던 진정한 내 모습을 발견했다. 그리고 그 장엄한 깨달음의 순간을 통해 알 게 되었다. 삶에는 분명 목적이 있다는 것을!

*

나는 기氣에 대한 탐구와 단련에 모든 노력을 쏟아부으며 젊은 시절을 보냈다. 어느덧 기를 내 의지대로 조절하는 단계에까지 이르게 되자, 사람들은 나의 남다른 능력을 마냥 부러워하고 신기해했다. 그러나 나는 곧 한계를 절감했다. 그러한 능력은 수영을 잘하거나 노래를 잘 부르는 것처럼 단지 뛰어난 기술과 재주에 불과함을 잘 알고 있었기 때문이다.

당시 나는 남모를 고뇌에 빠져 있었다. 어떤 철학서나 종교 서적을 읽어도 풀리지 않는 삶에 대한 의문 때문이었다. '왜 살아야 하는가? 내 삶의 의미는 무엇인가? 왜 태어났는지도 모른 채 그냥 목숨이 주어지면 살아가다가, 때가 되면 어디로 가는지도 모르고 죽는 것이 삶의 전부인가? 남들이 말하듯 삶은 그런 것이려니 하고사는 수밖에 없는 것인가?' 이 의문을 풀기 전에는 어떤 즐거움도 나를 만족시키지 못했고 모든 일들이 무의미하게 느껴졌다.

눈에 보이지 않는 영혼과 대화를 나눌 수 있다고 해서 궁극적인 생명의 진리를 안다고 말할 수 없다. 기를 마음대로 뽑아내고 흡수하는 능력이 있다고 해서 삶의 의미와 목적에 답할 수 있는 것은 결코 아니다. 그 질문에 답하기 위해서는 영혼이 깨어 있어야 한다. 마음이 열려 있고 간절하며, 내면에 양심이 살아 있어야 한다.

*

'나는 왜 지금 여기에 있는가?' 많은 사람이 이런 질문을 궁극적인 자기 탐구나 심오한 철학적 질문으로 받아들이며 부담스러워한다. 그러나 사실 인간의 본질을 알면 인생의 목적이 그렇게 복잡하고 거창한 것이 아님을 알게 된다. 어떤 관점으로 인간과 세상을 보는가에 따라서 그 답은 지극히 단순하고 명쾌해질 수 있다.

인간은 영적인 존재이다. 우리의 몸과 마음은 자신의 영적인 본성을 깨닫기 위한 도구임을 알아야 한다. 그럴 때 삶은 그 목적을 스스로 드러내 보인다.

인생의 참된 목적은 나와 이웃, 나아가 지상의 모든 생명체가 하나로 연결되어 있음을 알고, 그 앎을 바탕으로 자기 영혼을 성장시켜 나가는 것이다. 우리가 이러한 얼굴, 성격, 조건을 가지고 이 세상에 태어난 것은 개인으로서만이 아니라 인류의 일원으로서 완성된 영혼으로 진화하기 위해서이다. 이 세상을 떠날 때 우리에게 남는 것은 오로지 '얼마나 영혼을 성장시키는 삶을 살았는가'이다.

"내 몸은 내가 아니라 내 것이다. 내 마음은 내가 아니라 내 것이다." 이 두 문장은 우리가 스스로를 어떤 관점으로 봐야 할지를 명확하게 보여준다. 우리는 태어날 때부터 몸과 마음을 가지고 나왔으며 그것을 자기라고 굳게 믿으며 살아왔다. 그런데 이 몸과 마음이 우리 영혼의 성장을 위해 잠시 빌린 것이라면 진정한 나는 누구란 말인가?

진정한 '나'는 우리 내면에 있는 순수한 영혼의 불꽃, 바로 '신성神性'이다. 모든 인간의 참 의미와 삶의 참 목적은 이 신성을 깨닫는 데 있다. 우리는 깨닫기 위해 인간의 몸과 마음을 빌어 이 지구에 태어났다.

*

나는 삶의 진정한 목적을 깨닫고 난 후, 그 깨달음을 어떻게 하면 더 많은 사람과 나눌 수 있을지 고민했다. 깨달음은 특별한 사람들만의 것이 아니라, 모든 사람 안에 자연스럽게 내재해 있음을 알려주고 싶었다. 내가 내린 결론은 깨달음의 대중화를 위해서 누구나 쉽고 빠르게 자기 안의 신성을 발견할 방법이 필요하다는 것이었다.

우선 사람들에게 깨달음을 향한 여행을 안내하기 전에 그들의 흐트러진 몸과 마음의 균형을 바로잡는 법부터 알려줘야 했다. 내가 기氣 수련 과정에서 터득한 체험을 바탕으로 단학丹學을 현대적이고 대중적인 수련 체계로 발전시킨 것도 이런 이유 때문이다. 단학의 도인導引 체조, 호흡법, 명상법 등은 이렇게 정립된 심신 수련법이며 일상생활을 해나가면서 몸과 마음의 균형을 단계적으로 회복할 수 있는 프로그램이다.

많은 사람이 단학을 건강 증진을 위한 운동 차원에서 시작하지만, 단학의 참 목적은 개인의 몸과 마음의 건강을 회복하여 궁극적으로는 신성을 지닌 자신의 참모습을 깨닫는 데 있다. 또한 개인의 깨달음에서 머물지 않고 사회와 인류 전체의 깨달음을 추구하여, 이 세상을 좀 더 살 만한 곳으로 만드는 데 있다. 개인의 깨달음과 전체의 깨달음은 동전의 양면처럼 서로 분리할 수 없는 것이기 때문이다.

이제 이것은 하나의 문화운동으로 발전했다. 그 결과 지난 20년 동안 국내에서만 1백만 명이 넘는 사람들이 이러한 깨달음의 문화운동에 동참하는 놀라운 성과를 이루었다. 그리고 이 문화운동은 세계인의 관심을 끌기 시작했다. 미국에는 애리조나주에 세도나 명상센터, 뉴저지주에 크로스터 심신건강센터를 비롯해 50개가 넘는 단센터와 십만 명의 회원이 있다.

무엇이 이토록 짧은 시간 안에 많은 사람을 깨달음의 문화운동에 동참하도록 만들었을까? 나는 단학이 아주 간단하고 쉬우면서도 효과적인 방법으로 몸과 마음의 건강을 증진하고 균형 잡힌 삶을 사는 데 도움을 주었기 때문이라고 생각한다. 그리고 무엇보다 중요한 것은 인간의 근원적인 질문에 답할 수 있었기 때문이다. 만약 단학이 사람들을 영적인 건강을 추구하는 삶의 길로 안내하지 못했다면, 나는 지난 20년의 세월을 허송세월한 것이나 다름없다고 여겼을 것이다.

*

'뇌호흡'을 개발한 것도 깨달음에 덧입혀진 신비주의적인 환상을 벗겨내고 과학적이고 체계적인 방법으로 깨달음을 함께 나누기 위해서였다. 뇌호흡을 통해 누구든지 깨달을 수 있으며, 그 깨달음을 일상에서 실천할 수 있다.

궁극적인 나의 소망은 가장 쉬운 방법으로 모든 사람이 자기 안에 있는 신성을 발견하게 하는 것이다. 사람은 누구나 깨달을 권리를 가지고 있다. 누구나 깨달을 수 있으며, 모두가 깨달아야 한다. 나는 이 사실을 세상 모든 사람에게 알리고 싶다. 왜냐하면 선택받은 몇몇의 깨달음만으로는 지구와 인류의 미래에 더 이상의 희망이 없기 때문이다.

집단적이고 대중적인 '깨달음의 혁명'이 일어나야 한다. 깨달음만이 우리의 희망이다. 인류가 당면한 문제를 해결하고 한 단계 더 높은 영적인 차원으로 진화하는 유일한 길이다. 그 깨달음의 혁명을 위해 나는 이 책을 썼다.

2000년 1월 세도나에서

一指 이승헌

차 례

평화의 기도　　　　　　　　　　　　　　　　　　5

머리말 | 삶에는 분명 목적이 있다　　　　　　　　10

들어가는 글 | 당신을 위한 새벽이 오고 있다　　　20

1장 · 깨달음의 혁명

진짜 '나'를 알면 삶이 보인다　　　　　　　　　34

사랑이 없는 깨달음은 가짜다　　　　　　　　　49

'아는 것'에서 '느끼는 것'으로　　　　　　　　　66

사람이면 당연히 깨달아야 한다　　　　　　　　78

내 삶의 이야기 | 기氣와의 첫 만남　　　　　　81

2장 · 나는 누구인가?

왜 깨달아야 하는가?　　　　　　　　　　　　88

정보의 질과 양이 당신의 가치를 결정한다　　　102

뇌를 아는 것이 나를 아는 것이다　　　　　　114

정보의 선택이 운명을 바꾼다　　　　　　　　121

마음이 가는 곳에 기氣가 있다　　　　　　　　127

생명의 진동 속으로   132

깨달음은 현실이다   138

내 삶의 이야기 | 친구의 죽음   141

3장 · 우리는 어디로 가야 하는가?

우리의 고향, 마고성 이야기   148

세상을 바꾸는 것은 인간이다   154

뉴휴먼, 당신은 이 혁명을 일으킬 첫 불꽃이다   158

우리 모두의 더 나은 미래를 위하여   163

내 삶의 이야기 | 기氣의 폭발   168

4장 · 미래를 위한 선택과 결심

깨달음의 '추구'에서 깨달음의 '실천'으로   176

1억 명이 깨달음을 선택하면 지구가 바뀐다   179

내 삶의 이야기 | 천지기운 내 기운, 천지마음 내 마음   186

맺음말 | 우리에게는 깨달음의 문화유산이 있다   192

당신을 위한 새벽이 오고 있다

새로운 천 년의 새벽이 밝아오고 있다. 그러나 당신이 그 시간에 깨어 있지 않으면 새벽빛이 얼마나 가까이 다가왔는지, 그 빛이 얼마나 찬란한지 알 수 없다. 눈을 뜨지 않는 사람에게 세상은 여전히 깊은 어둠일 뿐이다. 새벽의 아름다움은 새벽을 맞이하기 위해 깨어 있는 사람들만의 것이다.

이제 우리 모두 눈을 떠야 할 시간이다. 우리 앞에 펼쳐질 새로운 세상의 가능성이 무엇인지 알기 위해, 또한 그 가능성을 현실로 만들기 위해 깨어 있어야 할 시간이다. 나와 당신을 비롯해 한 사람 한 사람에서 시작된 깨달음의 힘이 한 나라를 깨어나게 하고, 마침내 온 인류가 깨달음을 향해 나아가게 할 시간이다. 그동안 깊이 잠들어 있던 우리 영혼을 흔들어 깨워야 한다.

　그러나 새로운 천 년의 새벽을 맞이하는 이 시간, 세계는 여전히 미움으로 가득 차 있다. 알바니아에서는 참혹한 시민전이 그치지 않고, 아프리카에서는 후투족과 투치족 사이에 치열한 싸움이 계속되고 있다. 러시아와 체첸 공화국 사이의 뿌리 깊은 증오는 잔혹한 전쟁을 불러일으키고 말았다. 지구 곳곳에 폭력이 난무하고 있다. 미국에서는 1999년 한 해만 해도 열두 번의 대형 총격 사건이 일어났다. 새벽이 훤히 밝아오고 있음에도 우리는 여전히 눈을 꼭 감은 채 혼돈과 어둠 속에서 헤매고 있다.

　이런 어둠의 기운을 걷어내기 위해서는 '깨달은 사회'로 나아가야 한다. 물론 이런 사회는 한두 사람의 깨달음만으로는 절대 이루어지지 않는다. 깨달음이 전 세계적이고도 보편적인 삶의 방식이 될 때라야 가능하다. 다시 말해 인류 대다수가 집단적인 깨달음에 이르러 우리의 행동과 문화가 실질적으로 달라질 때만 얻을 수 있는 세계이다. 깨달음이 이 세상을 휩쓰는 사회운동이 되어야 하는 이유가 바로 여기에 있다.

*

그렇다면 깨달음이란 무엇인가? 깨달음이란 '진정한 나'를 찾는 것이다. 고치를 뚫고 아름다운 나비가 탄생하듯, 모든 사람에게는 그 내면에 아름답고 신성한 본성이 있는데, 그 본성을 자각하는 것이다.

우리는 모두 각기 다른 모양과 색깔로 저마다 독보적인 아름다움으로 활짝 피어나야 할 꽃 같은 존재이다. 자기 안에 있는 '참자아'를 만날 때 우리는 진정한 행복을 맛볼 수 있다. 그 행복은 재산의 많고 적음이나 누구보다 더 잘나고 못났다는 비교에서 오는 상대적인 행복이 아니다. 작은 욕망과 욕구에 갇히지 않은 우리 내면 깊은 곳에서 우러나오는 행복이다. 이 절대적인 행복은 모든 만물과 모든 인간이 '하나'임을 아는 데서 나온다. 말로는 너무 간단하게 표현되는 이 '하나'를 한 사람 한 사람이 깊이 경험해야만 한다. 왜냐하면 그것이 이 세상에서 우리가 얻을 수 있는 최고의 '앎'이기 때문이다.

또한 깨달음은 '참사랑'이다. 인간을 참다운 인간이게 하고, 이 지구에서 살아가는 어떤 생명체보다 더 뛰어난 존재이게 하는 것이 바로 우리 안에 있는 '참사랑'이다. 하지만 참자아를 모르는 사람은 참사랑이 무엇인지도 알 수 없다. 우리는 지금까지 사랑이라는 말을 수도 없이 되뇌며 살아왔지만, 참자아를 모르고 한 사랑은 참사랑이 아니다. 그런 사랑의 뿌리를 더듬어가다 보면 결국은 이기심과 자만심, 남을 지배하고자 하는 가아假我의 욕망을 만나게 된다.

우리는 왜 깨달아야 하는가? 우리 가슴 안에 있는 참사랑을 회복하기 위해서이다. 지금의 인류가 신적인 존재에서 동물적인 존재로 추락하고 만 것은 우리 가슴 속에 참사랑이 있다는 사실을 잊어버렸기 때문이다. 이제 우리는 진정한 사랑으로 다시 돌아가야 한다.

깨달음은 우리 뇌를 이용해 도달할 수 있는 생리적인 현상이다. 일상생활에 충실하면서도 과학적이고 실천적인 단계를 꾸준히 밟아간다면 누구나 깨달음에 이를 수 있다. 나는 인간으로 태어나 찾을 수 있는 최상의 삶의 목표가 깨달음이라고 믿는다. 깨달음은 결코 추상적인 개념이 아니다. 깨달음은 사람이라면 누구나 도달할 수 있는 아주 구체적이며 현실적인 목표이다. 이러한 보편적인 깨달음의 가능성이야말로 내가 이 책에서 강조하고 싶은 모든 것이다.

*

깨달음에는 두 가지 과정이 필요하다.

첫째, 무엇보다 깨닫고자 하는 자신의 '선택'이 있어야 한다. 깨달음은 광야에서 40일 동안의 금식기도 끝에 천둥소리와 함께 문득 '이거구나!' 하고 알게 되는 그런 것이 아니다. 나 또한 깨달음을 얻기까지 숱한 어려움을 겪으며 고된 수행을 했지만, 그것은 내가 무지했기 때문이지 반드시 따라야 할 모델은 아니다.

내가 얻은 진정한 깨달음은, 세상에는 깨달을 것이 없다는 사실을 안 것이다. 이미 나는 언제나 깨달음 속에 있었다. 나에게 모든 것이 주어져 있었고, 그러한 있는 그대로의 나를 받아들이는 것이 최상의 깨달음이었다. 결국 깨달음이란 아주 상식적인 것이었다.

깨달음은 자신을 둘러싸고 있는 모든 생명체에게 이로움을 주는 삶을 살고자 하는 아주 단순한 선택이다. 그렇다면 어떻게 하는 것이 다른 사람을 이롭게 만드는 것인가?

역시 우리는 이미 그 답을 알고 있다. 이웃을 '이롭게 한다'는 것의 의미를 알고 있다. 다른 이를 염려하고 사랑한다는 것이 어떤 것인지도 알고 있다. 다만 실천하지 못하고 있을 뿐이다. 우리는 선한 힘을 지닌 존재들이다. 누구도 이 사실을 부인할 수 없다. 깨달음이란 당신의 이 선함, 즉 '참자아'를 받아들이고 이것을 진정한 사랑을 통해 실천하겠다는 의지요, 선택이다. 우리는 곧 사라질 게 뻔한 현실 도피주의자의 감정적인 황홀감이 아니라 구체적인 행동을 통해 참사랑을 실천해야 한다.

둘째, 당신이 깨달음의 길을 선택했다면 그 선택을 끝까지 지켜나가겠다는 의지와 훈련이 필요하다. 이러한 의지와 훈련으로 우리는 갖가지 반대와 냉소주의자들이 보내는 비아냥거림에 정면으로 맞설 수 있고, 변함없이 앞으로 나아갈 수 있다. 또한 자신의 작은 욕망을 극복하고 진정으로 가치 있게 살아가려는 자신의 선택을 끝까지 지켜나갈 수 있다. 끊임없는 훈련을 통해 영적인 건강을 유지함으로써 우리 영혼은 더욱 강해지고 아름다워진다. 이것이 깨달음이다. 깨달음은 선택이고, 의지이며, 훈련이다.

*

나는 우리 앞에 놓인 새로운 천 년이 '영성의 시대'라고 굳게 믿는다. 21세기는 정신문명의 시대가 될 것이다. 물질문명의 발전만으로는 진정한 행복을 얻을 수 없다는 사실을 우리는 그동안 충분히 경험했다. 오늘날 세계가 안고 있는 고통의 원인은 우리가 물질적인 진보만큼 영적인 성숙을 이루어내지 못했기 때문이다. 우리는 영혼을 너무 오랫동안 외면한 채 물질에만 기대어 살아왔다. 이제 우리가 할 일은 그동안 물질문명의 발전에 헌신한 만큼 정신문명의 진보를 위해서 함께 노력하는 일이다.

르네상스는 고대 그리스와 로마의 지혜를 다시 살려내기 위한 문화혁명이었다. 르네상스를 통해 암흑기와 같았던 중세 시대는 막을 내리고 인간과 신에 대한 새로운 의식이 싹트게 되었다. 새천년을 맞이한 지금의 우리에게도 새로운 르네상스가 필요하다. 과거에 르네상스가 사람들에게 끼친 정신적 영향력에 버금갈 만한 문화와 지혜가 지금 우리 앞에 펼쳐지려 하고 있다. 지구촌 곳곳에서 그러한 움직임이 일어나고 있다.

한국의 정신문화에는 하늘과 땅과 사람이 하나임을 가르치는 '천지인天地人' 사상이 있고, 인간으로 태어나 추구할 수 있는 최상의 가치인 '홍익인간 이화세계弘益人間 理化世界'의 철학이 있다. 또한 일상의 삶 자체가 우주와 조화를 이루도록 이끌어주는 '율려律呂' 문화가 있다. 이것이야말로 깨달음의 문화유산이다. 나는 이 책의 전반에 걸쳐 이러한 정신적 문화유산들을 소개하고자 한다.

이런 개념들이 예수의 사랑이나 부처의 자비, 혹은 공자의 도덕과 무엇이 다르냐고 묻고 싶은 사람도 있을 것이다. 본질에 있어서는 전혀 다르지 않다. 인류는 하나의 정신적 유산을 나누어

가진 형제들이다. 우리는 모두 하나의 에너지이자 하나의 의식에서 떨어져 나온 부분들이다.

이제 우리는 보물처럼 숨어 있는 인류의 영적 유산들을 오늘에 맞게 발전시켜 전 지구적인 문화로 꽃피워야 한다. 깨달음의 문화운동을 통해 다양한 문화와 제도가 서로의 차이를 초월하여 '우리 모두의 더 나은 미래'라는 하나의 이상을 향해 움직일 때 새로운 정신문명 시대, 깨달음의 르네상스가 시작된다.

*

각자의 작은 일상들을 성실하게 꾸려가면서도 전 세계적인 현실을 외면하지 않고 깨달음에 도달하기 위해서는 독립적이면서도 유기적인 세 가지 단계가 필요하다. 이 책의 2장에서 말하는 개인의 깨달음, 3장에서 말하는 집단의 깨달음, 4장에서 말하는 인류 전체의 깨달음이다.

나는 개인의 깨달음을 위한 방법으로 뇌호흡을, 집단의 깨달음을 위해서는 깨달음에 이른 개인들이 모여 형성한 뉴휴먼공동체(New Human Society)를, 인류 전체의 깨달음을 위해서는 깨달음을 보편적인 삶의 방식으로 만들어 나갈 깨달음의 문화운동을 제안했다.

인류의 역사를 돌아보면 우리가 얼마나 가공할 정도로 왜곡된 의식 속에서 살아왔는지 알 수 있다. 중세 시대까지만 해도 인류는 인격적인 신을 우주의 중심에 두고 두려움의 대상으로 삼았다. 르네상스 시대에 이르러 신 중심의 세계관에 갇혀 있던 인류는 새로운 의식에 눈뜨게 되었고, 비로소 인간을 구속하던 신의 독재를 깨뜨릴 지성과 용기를 갖게 되었다. 하지만 그 후 인류는 인간의 지성만을 지나치게 믿은 나머지 물질만능주의의 병폐에 갇혀 헤어나지 못하고 있다.

우리는 끊임없이 경쟁을 부추기는 사회가 떠미는 대로 파괴적인 충동과 욕구에 휩쓸려 살아가다 우리의 본성인 참사랑과 만나는 법을 잃어버리고 말았다. 만약 우리가 삶의 방식을 바꾸지 않고 계속 이런 식으로 살아간다면, 이러한 자기 파멸의 길이 어디에서 끝날지 상상해보았는가?

이제 우리는 달라지지 않으면 안 된다. 인류가 르네상스를 통해 전제적인 신의 허상에서 벗어난 것처럼, 지금 우리를 짓누르고 있는 광신적인 물질주의에서도 벗어나야 한다. 그리고 올바른 우주적 관점에서 신과 인간을 해석하고 서로 조화로움을 추구하는 사회를 창조해야만 한다. 그러한 사회에서는 신과 인간이 이 세상의 공동 창조자로서 서로 돕는 관계가 될 것이다. 그런 사회야말로 인간이 더 이상 신과 주종 관계를 이루거나 차가운 이성으로 신을 부정하는 사회가 아닌, 신을 활용하는 용신用神의 사회이다.

*

우리에게는 시간이 별로 없다. 언제까지 배우기만 할 것인가? 예수, 부처, 다른 현인들의 가르침을 배우기만 하면서 언제까지 내일에 대한 책임을 그들에게 떠넘길 것인가? 지금은 이미 다 아는 진실을 좇고 있을 때가 아니라 우리 삶 속에서 진실을 실천해야 할 때이다. 우리는 우리 안에 존재하는 신성의 빛을 발견해야 하며, 그 신성의 빛이 우리가 나아갈 길을 환히 비추도록 해야 한다. 이제 더 이상은 고독한 한 명의 초인에게 인류 모두의 희망을 짐 지우지 말자.

우리가 진정으로 눈을 뜬다면 온 우주를 덮고 있는 신성의 빛을 볼 수 있다. 그러나 눈을 뜨지 않는다면 그 빛은 바늘구멍보다도 더 작아질 것이다.

지금은 모두가 마음을 열고 새벽빛을 맞이할 때이다. 병든 지구, 병든 인류 사회를 치유할 깨달음의 혁명을 일으켜야 할 때이다. 깨달음의 문화운동이야말로 우리가 다음 세대에게 물려줄 최고의 영적 유산이다. 많은 사람이 눈을 뜨고 이러한 흐름에 동참한다면 인류는 인간 의식의 정점에 다다르는 눈부신 진보를 이룩하게 될 것이다.

우리 앞에 펼쳐질 이 놀라운 세상의 가능성을 상상해보라! 조화와 상생相生을 최고의 가치로 여기는 사람들이 창조한 새로운 세상을! 모든 사람이 영적인 성장을 삶의 최고 가치로 여기며 살아가는 사회를! 그런 세상이 정말 가능한가? 우리에게 희망이 있는가?

물론 가능하다. 가능할 뿐만 아니라 우리는 반드시 그런 세상을 만들어야 한다. 이것은 양자택일의 문제가 아니다. 지금 우리에게는 오로지 그 길밖에 없다.

나는 우리 안에 있는 선한 마음이 어떤 장애도 받지 않고 실현되는 사회를 꿈꾼다. 살아 있는 모든 것들을 위해, 이 세상을 더 좋은 곳으로 만들기 위해 다른 사람들과 함께 깨달음을 나누고 싶다. 그러한 세상을 만들기 위해 과거에서부터 지금까지 수많은 사람이 자신의 인생을 바쳐왔다. 이제는 모두가 이 지구를 행복과 기쁨이 가득한 삶의 터전으로 만들기 위해 인생을 걸어야 한다. 인간으로 태어나 이것만큼 가치 있고 고귀한 사명은 없다. 생명과 인생의 비밀은 궁극적으로 이웃과 함께 기뻐하고 사랑하며 사는 데에 있다.

개인의 깨달음, 집단의 깨달음, 인류의 깨달음. 이를 위한 뇌호흡, 뉴휴먼공동체, 깨달음의 문화운동. 새벽이 밝아오는 이 시간, 나는 당신에게 희망을 이야기할 수 있어서 기쁘다. 우리는 그 희망을 현실로 만들 수 있을 것이다.

사 람 이 면   당 연 히   깨 달 아 야   한 다

1장

깨달음의 혁명

진짜 '나'를 알면
삶이 보인다

선가禪家에서는 하늘처럼 청정한 마음자리를 찾아가는 과정을 농부가 소를 길들여 몰고 가는 과정에 비유했다. 절에 가면 어김없이 십우도十牛圖를 그린 벽화를 볼 수 있는데, 농부가 소를 길들이는 과정을 선禪 수행의 단계에 비유해 열 개의 그림으로 나타낸 것이다.

*

십우도에서 농부가 몰고 가는 소는 우리의 욕망, 감정, 에고를 상징한다. 농부는 우리의 성격과 감정, 그 밖에 자신을 포장한 모든 외형적 껍질 밑에 있는 참자아를 의미한다. 처음에 우리는 소를 자기라고 착각한다. 자신을 욕망과 감정, 성격으로 이루어진 존재로 착각하고 있기 때문이다. 우리는 많은 시간을 끊임없이 무언가를 요구하고 바라는 욕구 자체가 자신이라고 생각하며 살아왔다.

하지만 이런 단계에 머물러 있는 인간은 먹고 싶을 때 먹고, 잠자고 싶으면 자고, 배설하고 싶으면 배설하고, 욕정이 생기면 섹스하는 동물과 아무런 차이가 없는 존재이다. 에고의 욕구가 채워지면 행복하고, 채워지지 않으면 불행할 뿐이다. 이런 상태의 인간은 인생에 대해 어떤 의구심도 품지 않는다. 참자아와의 연결이 완전히 끊어진 상태이다. 이때는 자기 욕망이 이끄는 대로 아무런 목적도 의지도 없이 밭 위를 마구 뛰어다니며 농작물을 망쳐놓는 어린 송아지와 다를 게 없다.

농부가 송아지를 길들이기 위해 코에 코뚜레를 꿰는 행위는 고통스럽지만, 꼭 필요한 과정이다. 이제 농부는 소의 코뚜레에 고삐를 매고 길들이기 시작한다. 고삐를 당기면서 소가 다녀서는 안 되는 길과 다닐 수 있는 길을 가르친다. 이런 단계를 거치면서 서서히 우리는 자신이 가야 할 길에 더 쉽게 이르는 방법을 알게 된다.

더 중요한 것은 자신의 진정한 주인이 누구인지 차츰 깨닫기 시작한다. 그리고 결국에는 자신의 진정한 자아인 농부의 목소리만 남게 된다. 농부는 이제 고삐를 당기거나 큰소리를 치지 않고도 소를 다룰 수 있게 된다. 물론 아직도 욕망이 존재하지만 이제 당신의 욕망은 전과는 다른 곳을 향해 움직인다. 그리고 누군가의 도움 없이도 그 충동과 욕망을 올바르게 조절하는 방법을 터득하게 된다.

이제 농부는 말 한마디 하지 않고 소를 몬다. 농부는 그저 피리만 불고 있어도 소는 자기가 가야 할 곳을 알아서 찾아간다. 드디어 당신의 에고가 당신의 참자아를 인식한 것이다. 이 마지막 단계에 이르면 이제 소는 사라지게 된다. 오직 농부만 있을 뿐이다. 탐욕과 욕망은 사라지고 당신의 진정한 자아만이 홀로 서 있게 된다. 이제 당신은 스스로 원하는 곳은 어디든지 찾아갈 수 있다.

*

당신은 어느 쪽이 되길 원하는가? 소인가, 농부인가? 대부분은 그동안 소에 가까운 생활을 해왔다. 농부의 의도를 알아채지 못하고 뚜렷한 목적지도 없이 온 들판을 돌아다니며 방황했다. 하지만 농부에게 당신을 다스리도록 허락할 때, 이랑을 파는 방법을 제대로 배우게 된다. 당신은 이제 참자아가 어디로 가고 싶어 하는지 알고 있기에 방황하지 않는다.

그동안 당신이 이유 없이 불안하고 두려웠던 까닭은 무엇일까? 온갖 감정에 휘말려 눈물을 흘렸던 까닭은 무엇일까? 이 모든 것은 당신이 농부가 아닌 소를 앞세우고 걸어왔기 때문이다.

이제 참자아를 당신 인생을 비추는 빛과 등대로 삼으라. 참자아의 빛이 당신이 나아갈 길을 환하게 비추도록 하라. 아주 깊은 어둠과 절망에 둘러싸인 사람은 불빛처럼 보이나 진짜 불빛이 아닌 것에도 혹한다. 그런 사람은 자신 안에 더 큰 빛이 있다는 사실을 깨닫지 못한 채 가짜 불빛을 좇아 인생의 모든 에너지를 탕진한다. 붙잡으면 금방 부서지고 말 허망한 것을 좇으며 쓸데없이 인생을 허비하지 말자. 순간적인 감정과 욕망을 해소하기 위해 소중한 시간을 낭비하지 말자.

진정한 건강과 행복의 근원은 오직 당신의 참자아 속에서만 찾을 수 있다. 자기 안에서 참자아를 발견한 사람만이 완전하고 영원한 행복을 발견할 수 있다. 참자아를 만나지 않고는 건강과 행복의 진정한 의미가 무엇인지조차 알 수 없다.

*

인류 역사는 권력과 힘을 쟁취하기 위한 투쟁과 갈등의 역사로 점철되어 있다. 그것은 곧 미움과 적개심의 역사이다. 이러한 역사는 우리가 참자아의 소리를 외면하고 이기적인 욕망과 에고의 소리를 좇아온 결과이다. 참자아가 인도하는 빛을 따르지 않고 살아간다면 언제까지나 어둠과 두려움 한가운데서 길을 잃고 헤맬 수밖에 없다. 그리고 그 어둠 속에서 당신은 이기주의와 피해의식이라는 덫에 걸리고 말 것이다. 이 덫에 걸리면 남을 이해하고 돕고자 하는 마음을 발전시키는 것은 아예 불가능하다.

인류가 수천 년 동안 쌓아온 증오가 언제 폭발할지 아무도 모른다. 인류는 조상 대대로 품었던 미움과 편견, 원한들을 마치 우리가 태어날 때 반드시 물려받아야 할 유산인 것처럼 몇 세대에 걸쳐 대물림하며 살아왔다. 이 왜곡된 역사를 우리는 원죄라 부르며 아주 당연한 것처럼 받아들였다.

성경에 카인과 아벨의 이야기가 나온다. 카인은 미움과 질투 때문에 동생인 아벨을 죽였다. 우리는 흔히 모든 인간은 카인의 후예라고 말한다. 우리 몸속에 살인자의 피가 흐른다고 말한다. 하지만 나는 우리 몸속에는 성인의 피가 고고히 흐르고 있다고 말하고 싶다. 만약 어떤 사람이 자기 몸에는 오직 카인의 피만 흐른다고 생각한다면 그 사람이 품을 수 있는 희망이란 어떤 것일까?

그는 어떤 희망도 가질 수 없을 것이다.

　우리 몸속에 예수의 피, 부처의 피, 그리고 다른 고귀한 예언자와 성인의 피가 흐르고 있다는 것을 믿을 때, 우리는 자신이 선한 존재가 될 수 있다는 가능성을 받아들일 수 있다. 이러한 믿음을 가지는 순간, 마치 전류가 흐르듯 우리 몸 전체에 순수하고 선한 힘이 흐르게 될 것이다. 그 힘은 멈추지 않고 점점 강해질 것이다. 우리는 우리 안의 선함을 믿을 때만 참자아를 발견하고 성장시키는 길로 들어설 수 있다.

　그렇다면 이제는 선택할 일만 남아 있다. 당신의 몸에 어떤 피가 흐르게 할 것인가?

*

우리는 영혼에 대해서 많은 이야기를 들어왔다. 인간이라면 누구나 영혼이 있다. 이 글을 읽는 당신의 가슴 속에도 순수하고 생명력이 충만한 영혼이 깃들어 있다.

　아무리 파렴치한 도둑일지라도 쓰레기 더미를 뒤지는 늙은 걸인을 보면 아주 짧은 순간이나마 연민을 느끼는 법이다. 사람을 죽인 살인자조차도 불치병에 걸려 죽어가는 어린아이를 보면 측

은함을 느낀다. 인간의 법률로 도저히 용서받지 못할 짓을 저지른 사람이라 할지라도 그의 내면 깊은 곳에는 순수함과 사랑이라는 보석이 숨어 있다.

인간은 누구나 피해의식과 이기심과 자만심보다 더 깊은 곳, 감각적 쾌락을 누리고자 하는 욕망보다 더 깊은 곳에 '홍익弘益'하고자 하는 본능을 가지고 있다. 어떤 계산이나 바라는 것 없이 누군가를 돕고자 하는 생각이 갑자기 머릿속을 스치고 지나갈 때, 그때가 바로 당신의 영혼이 말을 거는 순간이다. 누구나 이런 경험을 한 번쯤 해보았을 것이다. 당신의 영혼은 언제나 당신에게 말을 걸고 있다. 하지만 이 목소리를 듣고도 많은 사람은 '내 코가 석 자인데…'라고 생각하며 내면에서 울려 나오는 영혼의 목소리를 외면한다.

그런데 바로 그 순간, 당신이 진심으로 영혼의 목소리를 듣고자 한다면 얼마든지 들을 수 있다. 만약 그 소리를 들었다면 다시는 영혼의 목소리가 침묵하지 않도록 꽉 붙잡고 놓아주지 말라. 당신이 지속적으로 영혼의 목소리에 귀 기울여 그 소리가 점점 더 힘이 생기고 커져서 모든 불협화음을 가라앉힐 때, 당신의 참자아는 불을 환히 밝히게 된다.

당신의 참자아 속에 영혼의 뿌리가 들어 있다. 그리고 그 영혼의 뿌리는 우주와 연결되어 있다. 당신은 우주의 일부분을 구성하고 있으며 우주로부터 모든 정신활동과 생명 에너지를 얻는다. 당신이 자신의 참자아를 명확하게 인식할 때, 너와 내가 하나라는 사실을 자연스럽게 깨닫게 된다. 우리는 모두 하나의 우주 에너지 안에 하나의 인간, 하나의 사회, 하나의 인류로 묶여 있다. 우리가 원래부터 하나였다는 사실을 깨닫기만 하면 조화와 평화를 실현할 수 있다. 정치적, 사상적으로 대립할 때도 이와 같은 이치를 이해하고 문제에 대응한다면 인류 사회에 지속적인 평화를 가져오는 일은 훨씬 더 수월해질 것이다.

만일 당신이 진정으로 평화를 원한다면 불이익을 감수하고라도 평화를 만들기 위해 노력하라. 조금이라도 마음속에 어떤 보상을 바라고 화해하고자 한다면 그것은 참된 화해가 아니다. 손익을 계산하고 조건을 내세워 평화를 만들지 말라. 조건이 우선하는 그런 평화는 평화가 아니다. 용서도 마찬가지이다. 중요한 것은 마음을 나누는 것이다. 만약 당신이 어떤 상대와 진정으로 평화를 나누고자 한다면 그 사람을 올바로 존중하는 것부터 시작하라.

*

우리가 스스로 자신의 참자아를 환하게 밝힐 때만이 진정 조화로운 사회를 만들어낼 수 있다. 눈을 감고 자신의 깊은 내면을 들여다보자. 참자아가 들려주는 목소리에 귀를 기울여보자. 자신을 응시하다 보면 자신이 내면의 목소리보다 외부 조건이나 상황을 바라보고 의식하는 데 훨씬 민감하다는 것을 깨닫게 된다.

그런데 진정으로 변화하고 싶다면, 다른 사람의 눈을 의식하거나 세인의 평가를 두려워하는 마음부터 떼어내야 한다. 그렇지 않는다면 당신은 남은 평생을 계속 다른 사람들의 기대치에 맞추어 살아가게 될 것이다. 진정한 변화를 꿈꾼다면 자기 영혼의 목소리에 귀 기울여야 한다.

지금 당장은 여러 가지 잡다한 일 때문에 자신의 영혼이 들려주는 목소리를 듣지 못할 수도 있다. 영혼이 비명을 질러도 그 소리를 듣지 못하는 것은 당신이 잘못된 채널에 주파수를 맞추고 있기 때문이다. 당신의 영혼 위에 온갖 잡념과 감정들, 관념이라는 두꺼운 먼지와 쓰레기들이 쌓여 있어 영혼의 목소리가 바깥으로 뚫고 나오는 것을 방해하고 있다.

어떻게 해야 이 쓰레기와 먼지를 치울 수 있을까? 가능한 한 자주, 밤낮을 가리지 않고 열심히 쓸고 닦는 수밖에 없다. 영혼을 뒤덮은 먼지를 너무 오랫동안 방치한다면 그 먼지는 점점 굳어져 당신이 원하든 원치 않든 당신의 일부가 되고 살이 될 것이기 때문이다. 이렇게 되면 나중에 당신이 이 먼지를 닦아내고자 할 때는 비명이 나올 정도로 큰 고통이 따를 것이다. 하지만 비명을 지르고 피가 흐르는 아픔이 있을지언정 이 일이야말로 당신이 간절히 바라는 일이 되어야 한다.

오랜 연마를 거친 후에야 반짝이는 다이아몬드가 탄생하는 것처럼, 고통스러운 자기 정화 과정을 모두 거친 후에 남는 것이 당신의 참자아이다. 만약 진정으로 발전된 변화를 원한다면, 당신의 영혼을 가로막고 있는 장애물을 제거하기 위해 자기 살을 잘라낼 수 있을 정도로 강해져야 할지도 모른다. 비유이긴 하지만, 예수도 "너의 오른손이 잘못을 저지르면, 그것을 잘라 버리라."라고 말하지 않았던가.

*

동양의 수행 전통에서는 깨달은 스승에게 가르침을 받기 위해서 3년 동안 나무하고, 3년 동안 청소하고, 3년 동안 밥하는 과정을 거쳤다. 그 뒤에야 비로소 스승은 제자에게 무언가를 전해줄지 말지 결정했다.

요즈음 생각으로는 아까운 시간 낭비처럼 여겨질 수도 있다. 그러나 이 기간을 거치면서 자만심과 아집을 닦아내고 자신을 낮추는 법을 철저히 배우는 것이다. 이렇듯 모든 감정과 관념을 비워낸 후에야 진정한 참자아로 돌아가는 첫걸음을 내디딜 수 있다. 그 과정이 몹시 고통스러워 죽는 것보다 더 힘들지도 모른다. 그러나 진정한 자신을 만나고자 한다면 끊임없이 스스로를 비워내지 않으면 안 된다.

물론 지금껏 자신이라고 착각했던 모습을 버리고 순수한 영혼을 발견하기는 절대 쉬운 일이 아니다. 의지가 약한 사람은 중간에서 포기하고 말 것이다. 그 길은 우리가 살아가는 물질 중심의 삶의 방식과는 전혀 다른 여행이기 때문이다. 이것은 완전한 자유를 향한 길이다. 당신은 이 길에 최상의 사랑과 헌신을 바쳐야 한다. 당신이 이 아름다운 가치를 제대로 평가했을 때만 이번 생에서 그 목적지에 도달할 수 있다.

참된 나를 발견하는 것은 하늘의 그 어떤 찬란한 별을 수십 개, 수백 개 합쳐 놓은 것보다 소중한 가치가 있다. 참자아야말로 세상 그 무엇보다도 소중하고 아름다운 것이기 때문이다. 하지만 아직도 당신은 이토록 소중한 참자아의 가치를 모르고 당신 영혼을 멋진 집이나 자동차와 맞바꾸려 하고 있을지도 모르겠다.

눈을 감고 고요한 마음으로 자기 모습을 다시 들여다보자. 잠시 기억을 더듬어보자. '오늘 나는 무엇을 했는가? 누구를 만났는가? 혹시 어떤 거짓을 행하지는 않았는가? 진실을 자꾸 숨기려 하지는 않았는가? 나 자신과 다른 사람들에게 진실로 솔직했는가?'

자신의 질문에 "그렇다!"라고 대답할 수 있다면 이제 당신은 참자아로 향하는 길 위에 서 있는 것이다. 참된 나에 이르는 길은 어떤 이론이나 공식을 통해서가 아니라 선택과 훈련을 통해 가능하다. 그 길에 접어들겠다는 아름다운 양심의 선택, 그리고 수많은 장애가 길을 막아도 정면으로 맞서며 물러서지 않을 수 있을 정도의 훈련이 필요하다. 이제껏 '나'라고 주장하던 허상을 과감하게 벗어던져 당신의 참된 자아가 눈부시게 빛나도록 하라.

"내 몸은 내가 아니라 내 것이다."
"내 마음은 내가 아니라 내 것이다."

이 말의 의미를 생각해보자. 당신은 몸과 마음 어느 쪽의 노예가 되어서도 안 된다. 당신의 진짜 주인은 바로 당신의 참된 자아이다. 대부분은 몸이 곧 자신이라는 잘못된 믿음으로 살아간다. 우리는 자기 외모, 능력, 사회적 지위, 생각이나 감정, 감각들을 자기라고 믿는다. 그러나 당신의 본질은 그런 유한하고 제한된 것들이 아니다.

당신 몸은 당신의 것이지만 당신이 아니다. 당신이 이 세상에 태어난 이유는 자신에게 주어진 몸을 도구로 소명을 다하기 위해서이다. 우리 몸은 분명 소중한 재산이지만 그 이상은 아니다.

만약 당신이 자신의 몸뚱이를 나라고 생각한다면 죽을 때까지 그 몸을 만족시키는 데 급급한 삶을 살게 될 것이다. 그것은 몸의 노예가 되는 삶과 다를 바 없다. 당신은 몸을 다스리는 주인으로서 인생을 창조해 나가는 게 아니라 몸의 지배를 받는 인생으로 삶을 소모하게 될 것이다. 이보다 더 안타까운 일은 없다.

마음도 마찬가지이다. 마음의 경우는 훨씬 더 심각하고 해로운 영향을 미친다. 몸이 진짜 자기가 아니라는 것을 아는 사람들조차도 마음이 진짜 자기라고 착각하는 경우가 허다하다. 당신의 인격, 지식, 감정, 생각… 이 모든 것은 진짜 당신이 아니다.

당신은 주말이면 야구 경기를 즐기고, 애인과 함께 멋진 여행을 떠나며, 컴퓨터 게임에 열광하는 다혈질의 남성이 아니다. 올바른 판단력과 날카로운 이성을 겸비한 인내심 있고 고상한 취미를 가진 여성도 아니다.

이러한 제한적인 특성으로 스스로를 정의하지 말라. 자신을 몸과 마음에 한정시켜 생각하지 말라. 당신은 그보다 훨씬 크고 무한한 존재이다. 당신의 참된 자아는 우주만큼 넓고 크며 영원하다. 눈에 보이는 물리적인 형태의 몸과 이성적인 판단을 내리는 마음만이 자신이라고 생각하는 함정에 빠지지 말라.

*

당신에게는 몸과 마음보다 더 높은 차원의 신성이라는 존재가 있다. 그것이 바로 당신의 참된 자아이다. 우리가 육체를 가지고 의식을 지닌 채 이 순간 여기에 있는 까닭은 그 참자아에 봉사하기 위해서이다. 당신의 참자아는 우주의 조화와 균형을 향해서 움직인다.

당신이 이러한 참자아의 안내를 받고 따르는 순간 예수, 부처, 인류의 모든 성인이 삶의 길잡이가 되어준다. 이러한 존재를 우리 삶의 안내인으로 삼을 수 있는 이유는 우리 안에 이미 그들과 같은 신성함이 있기 때문이다.

참자아의 존재에 눈을 뜬 사람은 제일 먼저 자신을 둘러싼 모든 것에 감사함을 느낀다. 매일 아침 눈을 뜨고, 숨을 들이마시고 내쉬는 일에도 감사하다. 팔과 다리가 성하고 마음대로 움직일 수 있다는 사실마저도 감사하다. 당신이 감사함을 느낄 때 기쁨은 더욱 커진다. 자신에게 주어진 모든 것에 대한 감사는 당신을 더 열정적이고 성실하게 만들 것이다.

이제 당신은 조화로운 사람이 된다. 남을 배려하는 습관이 몸에 배고, 남들이 꺼리는 힘든 일일지라도 기꺼이 먼저 나서고, 너그러이 타인을 용서할 수 있다. 이런 사람이 바로 홍익인간이고, 홍익인간이 많아진 세상이 이화세계이다. 이런 세상은 어떤 사상이나 특정 종교의 교리를 배운다고 생기는 게 아니다. 많은 사람이 자신의 영혼을 만남으로써 신성을 꽃피울 때 만들어진다.

깨달음은 참자아의 말에 귀 기울이는 것이다.

사랑이 없는 깨달음은
가짜다

깨달음이란 앞에서 말했듯이 참자아를 발견하고, 참자아를 당신의 주인으로 맞이하여, 참자아가 당신을 통해 일하도록 하는 것이다.

깨닫기 위해서는 먼저 깨달음을 원하는 간절한 마음이 있어야한다. 깨달음이 찾아오는 순간을 포착하기 위해서는 항상 마음의눈과 귀를 열어두어야 한다. 자신이 정말로 깨달음을 원하는지 아닌지조차 모르고 있는 사람에게는 어떤 좋은 말과 진실이 눈앞에찾아와도 아무 소용이 없다.

또한 깨달음에 이르기 위해서는 모든 시련과 장애를 넘어서 참자아를 만나기 위한 지속적인 훈련이 필요하다. 당신이 참자아를 찾아가는 길에 가장 큰 장애물은 이제껏 살아오면서 고집스레 지켜오고 쌓아온 아집과 관념들이다.

깨달음은 오로지 실천을 통해서만 이를 수 있다. 어느 순간 갑자기 하늘이 쩍 갈라지며 천둥 번개와 함께 깨달음이 찾아오기를 기다리는 사람이 있다면, 그보다 어리석은 사람은 없다. '언젠가 나는 진실을 알게 될 거야.' 이 얼마나 어리석은 생각인가. 아무리 오래 기다려도 깨달음은 절대 저절로 찾아오지 않는다. 당신은 시간이 지나감에 따라 늙고 쇠약해질 뿐 기다림에 대한 다른 어떤 보상도 없다.

*

발이 쑤시듯 아프다고 가정해보자. 통증의 원인은 여러 가지일 수 있다. 당신은 의사로부터 심한 운동으로 발이 부었다는 진단을 받았다. 그런데 통증의 원인을 알았다고 해서 통증이 사라지는 것은 아니다. 발은 여전히 쑤시고 아프다. 어떻게 하겠는가? 약을 먹거나 바르며 상처 부위가 감염되지 않도록 조심할 것이다. 단 한 번만? 물론 아닐 것이다. 통증의 원인이 사라질 때까지 계속 치료하고 조심할 것이다.

깨달음에 이르는 길도 마찬가지이다. 깨달음에 이르는 방법을 알았다고 해서 깨달음에 도달하는 것은 아니다. 지속적인 탐구와 훈련이 필요하다.

'나는 왜 태어났는가? 나는 어디에서 왔으며, 어디로 가고 있는가?' 이런 질문들은 절대 사라지지 않을 통증처럼 수천 년 동안 인간을 괴롭혀왔다. 물론 이런 의문을 품는 것은 아주 중요하다. 이 질문에 대한 답을 구했을 때가 바로 깨달음에 이르는 순간이기 때문이다.

그렇다면 그 답은 어떻게 찾을 수 있을까? 참자아와 접촉하면 된다. 여기서 중요한 것은 쉬지 않고 진정한 자기 정체와 접촉을 시도하는 것이다. 그러기 위해서는 용기와 헌신과 훈련이 필요하다. 이 일은 엄청난 수고와 노력을 요구한다. 때로는 온몸을 옥죄는 듯한 엄청난 고통을 느끼기도 할 것이다.

하지만 일단 이 여행을 시작하면 모든 고통과 두려움이 불필요한 것이었음을 깨닫게 된다. 왜냐하면 당신을 괴롭혔던 고통은 실재가 아닌 환상이었기 때문이다. 마치 얼음장같이 차가워 보이는 물에 뛰어든 다음에야 사실은 그 물이 세상에서 가장 따스한 물이며, 이제껏 경험하지 못한 상쾌한 목욕을 하게 되었음을 깨닫는 것과 같다.

이 간단한 진리를 알고 나면 한바탕 크게 웃을지도 모르겠다. 물속에 뛰어들기 직전 당신은 생생한 두려움을 느끼지만, 그 두려움을 넘어서 의지와 믿음으로 행동할 때 깨달음이 찾아온다. 깨달음은 그런 것이다.

*

극심한 교통 체증에 갇혀 한 시간 동안 1미터도 앞으로 나가지 못한 경험이 있는가? 그때 사람들이 어떤 행동을 하며 그 시간을 보내는지 눈여겨본 적이 있는가?

어떤 사람은 라디오 소리를 있는 대로 키우고 머리를 흔들며 자동차가 들썩일 정도로 큰 소리로 노래를 따라 부른다. 또 어떤 사람은 마치 앞에 있는 자동차가 도시 전체를 마비시킨 주범이라도 되는 듯 1분이 멀다 하고 연신 경적을 눌러대며 화풀이한다. 심지어 지루한 시간을 보내겠다며 그 혼잡 속에서 카드 판을 벌이는 사람도 있다.

이것을 보며 사람들은 어떻게든 끊임없이 움직이려고 하는 존재임을 느낀다. 사람은 누구나 아무것도 하지 못하게 되면 불안해하고 신경질적인 반응까지 보인다. 그리고 어떤 행위를 해서라도 그 불안함에서 벗어나려 한다. 또 무언가 하지 않으면 남들에게 뒤처지고 말 것이라는 불안감에 짓눌려 있는 것 같다. '내가 아무 것도 하지 않고 가만히 있는 동안 누군가가 내 일을 빼앗아 갈 것이고, 나는 이 안락함과 내가 가진 지위를 잃어버리고 말 것이다. 이것은 곧 게임에서 지는 것이다!'

이런 불안은 어디에서부터 비롯된 것일까? 경쟁을 부추기는 이 패러다임은 도대체 어디에서 온 것일까? 우리는 살아남기 위해서 항상 남들보다 먼저 뛰어야 한다는 강박에 쫓기고 있다. 우리의 하루하루는 대열에서 밀려나 패배할지도 모른다는 두려움을 떨쳐보려는 발악과도 같다.

이렇게 살아오는 동안 우리는 모두가 하나로 연결된 존재라는 사실을 까맣게 잊어버렸다. 아주 오랫동안 자신이 전체 우주와 연결된 한 부분이며 그 한 부분이 다른 모든 부분에 영향을 줄 수 있다는 사실을 망각한 채 살아왔다.

한편 이러한 불안 속에서도 우리는 어떻게든 빠져나갈 탈출구를 찾고자 애쓴다. 논리와 이성으로 불안을 설명하기도 하고, 신앙으로 극복하려고도 하고, 불안감을 경감시키는 법과 제도를 제정하기도 하고, 온갖 치료법을 동원해 인간의 근원적인 불안감을 해소해보려고 노력한다. 하지만 이 모든 노력의 결과가 만족스럽지 못하다. 인간은 여전히 자신을 갉아먹고 있는 이 불안을 달래려고 끊임없이 발버둥 친다.

결국 인간은 불안에서 벗어나는 방법으로 경쟁을 통해 왜곡된 안정을 얻어왔다. 우리는 남보다 더 많이 배우고 더 잘났다는 우월감으로 다른 이를 밟고 올라서는 삶의 방식을 따르며 살고 있다. 적어도 자기보다 아래에 있는 사람보다는 덜 불안하고 덜 두려워해도 되는 것처럼 착각하면서 지냈다.

이것이 거듭되면서 우리는 순간적인 승리나 우월감에 중독되고 그것을 인생의 최고 목표로 삼기에 이르렀다. 재산이 얼마나 많은가? 자동차가 몇 대인가? 다음 휴가는 어디로 가는가? 적어도 남과 비슷한 수준으로는 맞추어야 한다고 안달하고 있다. 이러한 본능적인 불안 때문에 때로는 상대방을 헐뜯고 상처 입히는 일도 서슴지 않는다. 다른 이를 깎아내리고, 어떻게 하면 경쟁자를 제치고 앞서갈 수 있는가에 혈안이 되어 있다.

오직 자기와 진정으로 화해하고 평화를 얻은 사람만이 남을 사랑할 수 있고 관대해질 수도 있다. 무언가를 계속 염려하고 불안해하는 한 결코 남에게 관대할 수 없다. 이 세상의 법칙은 마치 자신이 한 단계 올라서기 위해서는 다른 사람을 밟고 올라가야 하는 것처럼 되어 있다. 우리는 계속 일등이 되지 않으면 밟히고 만다는 강박 속에서 살아가고 있다.

당신이 진정 깨달음을 원한다면 조금은 단순해질 필요가 있다. 마음에 복잡한 생각을 쌓아둔 사람은 영적인 각성의 순간을 경험할 수 없다. 이는 마구 휘저어놓은 진흙탕 속에서 작은 바늘 하나를 찾으려는 것과 같다. 당신이 그 흙탕물 속에 손을 넣고 살살이 더듬어도 바늘을 찾을 수 없다. 진흙이 바닥에 모두 가라앉아 맑은 물이 보일 때까지 기다려야 한다. 그 바늘이 손에 닿을 만한 곳에 있다고 해도 부드럽고 조심스럽게, 그러나 단호하게 단 한 번에 그 바늘을 집어내야 한다.

깨달음은 이처럼 아주 단순한 믿음과 단순한 선택이다. 또한 단순한 용기이며 단순한 행동이다.

*

나는 이제 아주 중요한 질문을 하려고 한다. 당신은 왜 깨달으려 하는가? 일단 그토록 간절히 원하던 깨달음을 얻는다면, 그다음에는 무엇을 하겠는가? 깨달은 이후에 대해서 생각해보았는가? 깨달은 후에도 우리는 계속 앞으로 나아가야 하는가?

대답은 물론 '그렇다'이다! 우리가 깨달음이라는 정점에 오르고자 하는 것은 우리 안에 있는 참사랑을 회복하고 재발견하기 위해서이다. 참사랑은 그저 발견하는 것에 그쳐서는 안된다. 발견한 진실이 이웃에게 도움이 되도록 구체적인 행동으로 실천에 옮겨야 한다. 깨달음을 '개념'이 아니라 '경험'이 되도록 만들어야 하는 이유가 바로 여기에 있다.

인류 역사를 통틀어 깨달음에 이른 사람은 많았다. 예수, 부처, 마호메트, 이름을 남기지 않은 수천 명의 성인과 현인들, 그리고 선견지명이 있는 예언자들 모두가 '우리는 하나'라는 진리를 깨달은 자들이다.

그들은 육체적 삶 속에 있는 모든 것이 허상이며, 자신의 참된 자아는 더 높은 차원에 있다는 것을 깨달았다. 하지만 그들 중 많은 이들이 세상에서 멀리 떨어져 은둔하며 살아가다 조용히 삶을 마감했다. 어떤 이들은 심지어 자살하기도 했다.

'이런 허상 속에서 계속 살아가야 하는 까닭이 무엇인가? 이 삶 속에 위선과 거짓들을 견디면서 살아갈 만한 어떤 가치가 있는 것인가? 자신을 둘러싼 모든 것이 일시적일 뿐이며 이 세상은 허구라는 사실을 알게 된 사람이 이 지상에서 계속해나갈 수 있는 일이 무엇인가?' 이런 질문 앞에서 깨달음에 이른 많은 사람이 스스로 세상에 작별을 고하거나, 자신을 드러내지 않고 조용히 살아가는 방법을 택했다. 그들은 사랑을 실천에 옮기지 못했다. 그들은 깨달음을 인식했지만, 완전히 경험하지는 못했다. 바로 이것이 그들이 실패했던 이유이다.

이들이 말없이 사라져간 이유를 변호하고 싶은 이들도 있을 것이다. 시대가 그들에게 깨달음을 행동으로 옮기는 것을 허락하지 않았을 수도 있고, 자신들의 가르침이 상품화되는 것을 우려한 나머지 스스로 멀리 사라졌다고 주장할지도 모른다. 깨달음의 씨앗이 발아하지 못하는 시대를 슬퍼하며 자신을 드러내지 않고 조용히 사라졌을 거라고 말하고 싶을지도 모른다.

하지만 이런 생각들은 기본적으로 패배 의식에 지나지 않는다. 이것은 가슴이 없는 지혜, 용기가 없는 지식이다. 진정한 사랑이 없는 깨달음이다. 단 한 사람에게라도 자신의 깨달음을 전해줄 수는 없었을까? 수만 평의 황무지 한가운데서 한 송이 꽃이라도 피울 수는 없었을까?

그들은 진정한 깨달음이란 오직 현실 속에서만 증명된다는 사실을 미처 깨닫지 못했다. 많은 사람이 깨달음을 현실과 멀리 떨어진 저 너머의 이상향 속에서나 있을 법한 그 무엇이라고 잘못 생각하고 있다. 하지만 진정으로 깨달은 사람은 자신의 본래 자리로 돌아와 현실 속에서 세상을 변화시키는 사람이다.

이것이 진정한 사랑이다. 참사랑은 자신이 그것 때문에 희생될 수 있다는 것을 알면서도 진리를 선언하기 위해 대중 속으로 들어가는 것이다. 참사랑에는 용기가 필요하다. 자신만의 깨달음에 몰두하여 다른 사람과 함께하는 삶에서 긍정적인 변화를 만들어내지 못한다면, 그것은 진정한 깨달음이 아니다. 용기가 부족하거나 자기중심적인 깨달음을 앞세우는 사람은 절대 진정한 사랑을 이루어낼 수 없다.

개인 차원에서 멈춘 깨달음은 진정한 깨달음이 아니다. 현실 속에서 치열한 싸움과 시험을 거치지 않은 깨달음은 진정한 깨달음이 아니다. 세상에 아무런 변화를 가져오지 못하는 깨달음은 참된 깨달음이 아니다.

오직 당신의 깨달음이 모든 인류를 위해, 더 큰 선善을 이루는 데 유용하게 쓰일 때에만 진정한 깨달음이라 할 수 있다. 진정한 깨달음은 모든 존재에 대한 진정한 사랑을 적극적으로 발견하고 개발해나가는 과정을 통해서만 달성할 수 있다.

*

몇 년 전 네팔을 여행한 적이 있다. 그때 우연히 라마교의 한 종단에서 열린 환생 법왕 즉위식을 보게 되었다. 세 살배기 사내아이가 환생한 라마로 살아 있는 부처 자리에 오르는 의식이었다.

그 아이는 몇 시간씩 계속되는 의식에 시달리는 동안 계속 콧물을 흘리며 재채기했다. 승려 두 명이 양옆에 서서 아이가 움직이지 못하게 꼭 붙잡고 있었다. 아이는 연신 승려들이 씌워주는 무거운 왕관을 벗어 던졌고, 승려들은 그 왕관을 다시 얹기를 반복했다. 그 모습을 계속 지켜보기가 딱해서 나는 조용히 자리를 빠져나왔다. 그 의식에 나를 안내했던 사람도 뒤따라 나왔다.

"저 아이가 안됐습니다. 저렇게 어린 나이에 부모와 떨어져서 낯선 사람들만 가득한 장소에 억지로 붙들려 있다는 생각이 드는군요."라고 말하자, 그도 고개를 끄덕였다.

"네팔에는 깨달은 사람도 많고, 성스러운 고승도 많다고 들었습니다. 하지만 이 나라의 영아 사망률은 50%가 넘고 거리에는 남에게 동정을 사서 몇 푼이라도 더 구걸하기 위해 스스로 다리를 잘라낸 사람들이 가득합니다. 이런 현실의 궁핍함과 절망을 무시하는 깨달음이 무슨 소용이 있습니까?"

마지막으로 그에게 말했다. "본래 깨달음은 인류의 구원과 행복, 평화와 자유를 위한 것인데, 지금 현실 세계에서는 아무런 공헌도 하지 못하고 있습니다. 더욱이 특정 인물들을 우상화하고 경배의 대상으로 만들면서 진정한 의미를 잃어가고 있습니다. 현실의 문제가 무엇인지 간과하는 깨달음은 진짜 깨달음이 아닙니다. 현실에 발을 딛고 사회에 실제적인 도움을 줄 수 있는 것만이 진정한 깨달음으로 인정받아야 합니다. 너무 많은 사람이 용기와 참사랑이 결핍된 깨달음을 추구하고 있습니다. 정말 안타까운 일입니다."

특정 종교나 문화를 비판하려는 것은 아니다. 단지 깨달음 본연의 뜻을 알아차리지 못하고, 낡고 추상적인 틀과 교리로 사람들의 의식을 경직시키는 잘못된 문화와 관습을 비판하는 것뿐이다. 잘못된 종교의 틀과 문화야말로 그 종교가 본래 추구하던 인간의 신성함과 고귀함을 가리고 왜곡하는 결과를 초래한다.

모든 문화는 당대의 특별한 시대성과 역사성이 만나 만들어진다. 그러므로 특정 시대와 상황에서 태어난 문화가 모든 시대와 모든 시간에 일률적으로 적용될 수는 없다. 특히 그것이 맹목적인 믿음을 강요하며 사람들을 괴롭히는 낡아빠진 관습이 될 때는 잘못된 믿음에서 시작된 문화를 과감히 바꿔야 한다.

*

예수와 부처가 훌륭한 까닭은 자신들의 깨달음을 현실 세계의 공동선을 위해 세상의 모든 이들과 나누고자 했기 때문이다. 이처럼 더 높은 깨달음은 그저 자신만의 참자아를 찾고, 우주의 일부로서 자신을 느끼고, 만물이 하나임을 아는 것에서 멈추지 않는다. 진정한 깨달음은 대중 속으로 다시 돌아와 자신이 알게 된 진실과 지혜를 온 세계와 나누는 것이다.

이웃과 함께 나누고 베푸는 깨달음이야말로 진정한 사랑이다. 가장 높은 깨달음은 나눔이다. 또한 가르침이다. 아무런 사심 없이 다른 사람에게 베풀어 자신이 가진 것을 상대에게도 경험하게 해주는 것이다. 이렇게 물질적인 세계를 긍정적으로 변화시키는 것이다.

부처는 왜 인간의 몸을 갖는 한 피할 수 없는 배고픔과 노화와 고통을 견디면서 80년 동안 살았던 것일까? 부처라고 해서 자신의 깨달음에 안주하고, 존재의 더 높은 차원으로 홀연히 올라가고 싶은 유혹이 없었을까?

자신을 둘러싼 모든 것이 오직 허상이고 삶이 공허하다는 것을 알게 되었는데도 왜 부처는 사람들 곁으로 다시 돌아왔을까? 권력을 잡기 위해서였을까? 존경받고 싶어서였을까? 영원히 후세에 이름을 남기기 위해서였을까?

이 모든 것이 환영이라는 것을 아는 이에게 그것들이 무슨 소용이 있겠는가? 눈앞에 먹음직스러운 케이크 한 조각이 있는데 그것이 진짜가 아닌 홀로그램(입체 영상)에 불과하다는 걸 알고 나면, 과연 그때도 케이크 조각을 먹고 싶은 욕구를 느끼겠는가?

그렇다면 부처는 왜 세상으로 돌아왔을까? 그에게는 인류를 향한 진정한 사랑이 있었기 때문이다. 그는 스스로 고귀하고 성스러운 연꽃의 자리에서 내려와 자신의 깨달음을 세상 사람들과 함께 나누고자 다시 진흙탕 속에 몸을 담갔다. 부처는 이렇게 자기희생을 통해 우리에게 참사랑의 본을 보여주었다.

예수 또한 부처와 같은 사랑을 보여주었다. 그는 길을 잃고 헤매는 사람들에게 옳은 길을 보여주기 위해 대중들 속으로 찾아갔다. 예수가 보여준 최고의 희생은 십자가에 못 박혀 죽어간 것이 아니다. 그가 보여준 인류를 향한 최고의 사랑은 자신이 죽을 것이라는 사실을 알면서도 사람들 곁으로 돌아와 자신의 깨달음을 사람들과 나누는 일을 선택했다는 사실이다. 그가 우리에게 돌아온 이유는 진정한 사랑을 가르치기 위해서였다.

참자아를 모르는 사람은 결코 참사랑을 알 수 없다. 참자아를 모르는 사람은 아무리 혼자서 애를 써봤자 이기적이고 자기중심적인 사랑, 지배하고 구속하는 사랑만을 알 뿐이다. 많은 사람이 그동안 사랑을 무언가를 정복한 대가로 따라오는 승리의 전리품으로 생각했다. 이런 사랑은 참사랑이라 할 수 없다. 참사랑은 진정한 사랑, 영혼의 사랑이다. 현실 속에 단단히 뿌리내린 채 세상 모든 존재를 향하는 사랑이다.

*

그렇다면 우리는 왜 깨달아야 하는가? 우리 마음속에 있는 참사랑을 다시 찾기 위해서이다. 우리 영혼을 마비시키는 이 물질적인 삶을 딛고 일어나 잃어버린 신성한 힘, 사랑을 되찾아야 한다.

눈을 감고 자기 내면을 들여다보자. 그리고 물어보자. '나는 진실로 참사랑을 위해 노력했는가? 참사랑의 의미를 알고 있는가? 나의 참사랑이 드러나는 것을 방해하는 것은 무엇인가?'

다시 한번 당신의 인생 전반을 면밀하게 검토해보자. 가장 가까운 사람은 누구인가? 부모, 형제, 자매, 배우자, 결혼한 부부란 무엇인가? 부부란 완전한 타인인 두 사람이 만나 하나가 되는 것이다. 그 하나 됨은 서로에 대한 믿음을 바탕으로 한다. 이 믿음이 없다면, 신뢰가 없다면, 존경심이 없는 결혼 생활만 남게 된다. 서로를 존중하지 않는 결혼 생활은 희망이 없다. 결혼에서 가장 중요한 것은 희망이다. 희망이 없는 결혼은 색깔 없는 꽃과 같다. 다른 관계도 마찬가지이다. 믿음과 존경과 희망이라는 토대가 무너진 관계는 생명력을 잃은 만남이다.

참사랑을 모르면서 타인을 비난하고 세상을 탓하고 인생을 허비하고 있지 않은가? 만일 그렇다면 마땅히 스스로를 부끄러워하고 뉘우쳐야 옳다. 지금 인류에게 절실히 필요한 것은 참사랑이 기반이 되는 사회이다. 그것이 이화세계이다. 이화세계야말로 우리가 진정으로 바라고 온 마음을 다해 매달려야 하는 사회이다.

그래서 나는 우리들 각자가 다수의 깨달음을 발아시킬 수 있는 한 알의 씨앗이 되어 새로운 깨달음의 문화운동을 펼쳐나가자고 주장하는 것이다. 이것이 우리가 '깨달음의 혁명'을 일으켜야 하는 이유이다.

*

지난 세기 과학과 기계문명은 눈부신 성장과 발전을 이루었다. 그 이유는 모순되게도 우리가 그 어느 때보다 더 불안해지고 있기 때문이다. 불안이 커질수록 경쟁심은 더욱 힘을 키워나간다. 우리가 경쟁에 매달리는 이유는 무언가를 두려워하고 있기 때문이다. 경쟁에 뛰어듦으로써 안정된 미래를 보장받으려 하지만 경쟁은 모든 것들의 속도를 점점 더 빨라지게 만든다.

모든 생명에게는 휴식이 필요하다. 인간도, 하늘도, 땅도, 자연도 쉼을 통해 새로운 힘을 얻는다. 이 세상도 쉬어야 할 때가 올 것이다. 한 번의 휴식 후에, 우리는 힘을 모아 다시 공동의 여행을 시작하게 될 것이다. 이것은 예언이 아니라 상식이다. 두려워해야 할 어떤 일이 아니다. 봄, 여름, 가을, 겨울 계절이 순환하듯 만물은 끝없이 순환을 거듭할 것이다.

하지만 우리는 그 휴식의 시간이 올 때까지 마냥 게으름을 피우며 기다릴 수는 없다. 우리가 세상에 태어난 진정한 목적은 참사랑을 실현하기 위해서이다. 참사랑을 회복하고 실현한 사람은 더 이상 두려울 게 없다. 최후의 심판이 찾아오든, 세상에 종말이 닥치든 어느 것도 두렵지 않다. 더 이상 우물쭈물해서는 안 된다.

지금 당장, 우리의 중대한 임무를 시작해야 한다. 깨달음은 참사랑이다.

'아는 것'에서
'느끼는 것'으로

여덟 살 때 참사랑의 품에 안겨본 적이 있다. 인위적 노력이나 힘을 들이지 않고도 나는 완전한 평안함 속에 놓여 있었다. 그때 우리 몸에 보이지 않는 어떤 에너지가 흐르고 있다는 사실을 알았다. 그 느낌은 내 뇌리에 아주 선명하게 남았다. 그때의 경험을 계기로 나는 그 신비한 에너지에 관한 끝없는 질문을 던지며 탐색의 나날을 보냈다.

그러던 어느 날 드디어 에너지에 관한 모든 의문이 한 번에 해소되는 순간을 맞이했다. 그때 내 안에서 울려 나오는 어떤 목소리가 있었다. 그 목소리는 '내 몸은 내가 아니라 내 것'이라고, '내 마음은 내가 아니라 내 것'이라고 말했다. 그리고 우주의 마음이 내 마음이며 우주의 에너지가 내 에너지라고 분명하게 말했다.

'천지기운 내 기운, 천지마음 내 마음!' 이 한마디에 우주의 모든 진리와 내가 찾던 모든 해답이 들어 있었다. 우리 몸을 생동하게 만드는 에너지와 우주를 움직이는 에너지가 같은 줄기에서 시작되었음을 그때 깨달았다.

이 목소리를 통해서 나는 모든 생명 속에서 맥박이 뛰는 리듬을 느꼈고, 모든 생명을 창조하는 빛과 소리와 진동을 경험했다. 생명의 질서를 관장하는 경이로운 흐름이 내 속으로 흘러들어왔고, 그 흐름을 따라 나는 이 모든 것이 저절로 이해되었다. 그것은 마치 숨을 쉬듯 눈을 깜박이듯 자연스러웠다.

내가 경험했던 이 거대한 사랑의 느낌을 다른 이들도 느낄 수 있도록 전해주고 싶었다. 단학이라는 심신 수련법의 체계를 마련한 것도 오직 이 열망 때문이었다. 그중에서도 뇌호흡은 핵심이라 할 수 있다.

*

모든 생명의 흐름을 관장하는 영원한 우주의 질서, 이것을 율려라고 한다. 율려는 만질 수도 없고, 냄새를 맡거나 눈으로 볼 수도 없다. 시작도 끝도 없으면서 태초부터 우주 만물을 다스려온 생명 질서의 본질이다.

율려는 물질 간의 상호작용으로 설명할 수 있는 차가운 물리법칙이 아니다. 만물을 감싸면서 고동치는, 생명의 온기를 가진 '의식意識'이다. 율려는 빛과 소리와 우주의 교향곡인 진동으로 스스로를 드러낸다.

원한다면 지금 당장이라도 율려의 소리를 들을 수 있다. 조용히 눈을 감고 당신의 심장 박동을 느껴보라. 꾸준하고 성실하게 우주 전체로 메아리치는 쿵쾅거리는 그 힘이 바로 율려이다. 율려는 생명의 리듬이다. 이 리듬을 잘 따라갈 때 우리는 우주와 조화를 이룰 수 있다.

인생의 아름다움을 깨달은 순간이 있다면, 그때 우리는 율려를 만난 것이다. 율려는 가장 순수하고 진실한 언어로 사랑을 드러낸다. 나는 율려 속에서 순수와 무한한 에너지를 경험했다. 이 글을 읽는 당신 또한 율려를 경험하기 바란다. 인류 전체가 율려를 경험하기를 나는 간절히 바란다.

율려를 회복한 사람은 삶의 균형 감각을 되찾게 된다. 지금까지 많은 사람이 자신이 아니라 다른 사람의 기준에 맞추어 살아왔다. 자신의 영혼이 원하는 내면의 균형 회복이 아닌 부와 명예, 권력을 추구하며 살아왔다. 이런 잘못된 추구가 우리의 영적인 감각과 판단력을 흐려놓았다.

하지만 율려의 생명줄을 붙잡는 순간, 당신은 내면의 균형을 다시 회복하고 완전한 행복과 평화를 느끼게 된다. 가슴에 율려가 살아 있는 사람은 끊임없이 남을 축복하고 칭찬하며 자신은 물론 다른 사람들에게 희망을 품게 한다. 그러나 가슴에서 율려를 놓쳐버린 사람에게서는 부정적인 말, 다른 사람에게 상처를 주는 말들이 쏟아져 나온다.

가슴에 율려를 품고 있을 때, 당신은 우주와 함께 호흡하고 있다. 이 말은 곧 당신이 하늘과 땅과 사람이 조화를 이룬 생활을 실현하고 있다는 뜻이다. 율려는 돈으로 살 수 있거나 인내심을 가지고 기다린다고 해서 얻을 수 있는 것이 아니다. 율려는 원래부터 당신 안에 있었다. 그러니 순수하게 인정하고 진실로 받아들이기만 하면 된다. 율려는 우주의 질서이며 참사랑이다. 그리고 당신 내면에 있는 창조주이다.

*

전 세계에 퍼져 있는 다양한 영적 전통에 관해 연구하다 보면, 그 뿌리에 이르러서는 결국 하나의 진실과 만나게 된다. 예수가 가르친 남이 모르게 행하는 봉사든, 부처가 설파한 자비와 인내심이든, 마호메트의 열렬한 설교에서 공명하여 나온 것이든, 이 모든 가르침은 결국 하나의 진리를 표현 방식을 달리해 설명한 것이다. 그리고 시대 상황에 따라 강조점이 조금씩 달라졌을 뿐이다.

지구촌 외진 곳, 어느 소수 민족의 소박한 우화에도 우리가 배워야 할 지혜가 담겨 있다. 서투르게 연주하는 민속음악이나 명절날 아이들이 즐기는 민속놀이에서도 보편적인 진리의 상징을 찾아볼 수 있다.

서로 다른 시간과 공간에 살면서 인류는 어떻게 이러한 공통분모를 가지게 되었을까? 그것은 비록 인간의 머리로는 이해할 수 없지만 본능적으로 진리를 감지하는 우주의 마음이 늘 우리와 함께 있었기 때문이다. 우주의 마음은 무한한 인내심과 사랑으로 우리를 지켜보고 있었다. 인간은 우주의 마음을 지닌 채 만물을 관장하는 영원한 생명의 질서, 율려에 예속된 존재이다.

율려는 이전부터 존재했고, 앞으로도 영원히 존재할 모든 것의 근원이다. 이 우주의 마음 안에서 우리는 분리된 존재가 아니라 서로서로 연결되어 있다. 우리는 모든 상상력을 총동원하여 만들어낸 그 무엇보다 훨씬 장대한 하나이다.

이것은 결코 추상적인 말장난이 아니다. 우리 인생에서 가장 구체적이고 현실적인 말이다. '우리는 하나'라는 말속에는 우리 인생의 모든 순간에 영향력을 행사하는 에너지가 들어 있다. 온 우주를 살아 움직이게 하는 에너지가 들어 있다. 또한 이 말은 우리의 가장 깊은 갈망과 회의, 그리고 삶의 근원과 목적에 관한 깊이 있는 질문에 해답을 준다. 이 진실은 우리가 더 심오하고 차원 높은 의식의 단계로 올라가는 길을 열어준다.

우리는 이미 물리적인 세계, 시간과 공간의 영역 저 너머에 우리를 이끄는 어떤 힘이 있음을 알고 있다. 우리가 가장 창조적인 순간, 사랑하는 순간, 이기심을 버린 순간에 이 힘과 함께 있음을 느낀다.

우리는 끊임없이 이 힘을 끌어당기고 있다. 우리는 본능적으로 이 힘이 우리를 움직이게 하고, 우리를 키우며, 삶에 궁극적인 의미와 질서를 준다는 것을 느낀다. 우리는 그 힘의 일부분이며, 그래서 우리는 하나이다. 이것이 수많은 성인과 예언자들이 말해왔고 오늘날에도 숱한 현인들이 외치고 있는 단순하지만 심원한 진리이다. 만약 우리가 이 진실을 인류의 전체의식 속으로 스며들게 해서 실천으로 옮기기만 한다면, 세상은 분명 달라질 것이다.

이제, 당신에게 중요한 질문을 하려 한다. 당신이 남은 음식을 버리고 있을 때, 아프리카 수단에서는 어린아이들이 굶주려 죽어가고 있다. 당신이 아내와 사랑을 나눌 때, 분쟁 지역의 어느 소녀가 능욕당하고 있다. 당신이 자녀의 생일 파티를 열어주고 있을 때, 전쟁에 동원된 소년들은 총알받이가 되어 쓰러지고 있다. 우리가 모두 진정 하나임을 깨닫는다면 이런 현실을 모른 척하고 그냥 넘어갈 수 있겠는가?

더 많은 이들의 가슴이 멍들기 전에, 지구가 더 깊이 병들기 전에 하루라도 빨리 이러한 문제들을 해결해야 한다. 내 이웃의 아픔과 지구의 아픔이 결코 나와 상관없는 다른 세상의 이야기가 아니다. 이 진실을 안다면, 우리가 해야 할 일은 아주 분명하고 단순해진다. 그런데 왜 세상은 바뀌지 않는 것일까? 왜 굶주림은 사라지지 않고 총성은 커져만 가는 것일까?

문제는 우리가 하나라고 소리 높여 외쳤지만, 그것이 지식에 불과했기 때문이다. 우리는 그 진실을 이해만 했을 뿐 느끼지는 못했다. 그렇다면 어떻게 해야 사람들에게 우리가 하나라는 것을 느끼게 할 수 있을까?

같은 문제를 두고 종교는 수천 년 동안 고민하고 노력했지만, 만족할 만한 결과를 얻지 못했다. 깨달은 현자들의 경우는 어떠했는가? 수많은 예언자가 황량한 사막과 외로운 산속에서 세상 사람들을 향해 진실을 바라보라고 외쳤지만, 사람들이 그 소리를 들었던가? 예언자들이 사라진 후에 그들이 외쳤던 메시지는 어떻게 되었는가? 인류 구원을 위한 메시지들은 종교라는 틀에 갇혀 뒤틀리거나 조각나고 말았다. 내 것이야말로 진리 중의 진리라고 싸우는 종교전쟁을 통해 얼마나 많은 사람이 목숨을 잃었는가.

*

깨달은 한 사람의 힘만으로는 이 문제를 해결할 수 없다. 다시 부처가 오고 예수가 온다 해도 마찬가지이다. 한두 명의 선각자, 심지어 천 명의 깨달은 사람이 있다고 해도, 인류 문제를 해결하기에는 턱없이 부족하다.

지금 이 시대에 필요한 것은 인류 전체의 운명을 변화시킬 수 있는 실질적인 힘을 가진 깨달음이다. 이것은 많은 사람이 우리의 뿌리가 하나임을 진정으로 깨닫는 데서부터 시작된다. 평범한 사람들이 그러한 진실에 눈을 뜰 때 깨달음의 대중화가 이루어질 것이다. 단지 한두 사람이 아니라 인류 전체의 의식을 진화시켜야 한다. 그래서 우리는 변화하지 않으면 안 된다.

그렇다면 어떻게 변화를 끌어낼 것인가? 우주의 마음이 우리의 마음이고, 우주의 에너지가 우리의 에너지이며, 우리가 저 장엄한 우주 질서의 한 부분임을 사람들에게 빠르고 쉽게 깨우치게 하는 방법은 무엇일까? 살기 위해서는 숨을 쉬어야 한다는 것을 배우지 않아도 절로 알게 되듯이, 우리가 율려 안에서 하나임을 어떻게 깨닫게 할 수 있을까? 이러한 진실을 어떻게 본능처럼 알게 할까? 더 나아가 그 앎을 행동으로 실천하게 할까?

이러한 앎은 머리로 이해할 수 있는 것이 아니기 때문에 말이나 글로 가르치는 것은 무의미하다. 인류의 다양한 교육 제도와 고매한 철학자들도 이 진실을 가르치는 데에는 효과를 거두지 못했다. 심지어 종교도 특별히 선택받은 몇몇 개인이 아니라 대중적인 차원에서 이 진실을 가르치는 데는 실패했다.

그렇다면 이미 우리 속에 들어 있는 신성함을 일깨우려면 어떻게 해야 할까? 어떻게 해야 각자의 신성을 다시 만날 수 있을까? 정말 어떻게 해야 할까?

*

그 답은 에너지, 기氣에 있다. 지금의 종교와 정신적 전통에서 가장 결핍된 부분이 바로 이것이다. 기는 몸, 마음, 영혼 어느 하나에 한정되지 않고 이 세 가지를 하나로 연결해주는 다리와 같다. 지극히 평범한 사람도 기를 통해 인류 탄생의 기원인 율려를 체험하고, 자신이 천지기운(우주의 에너지)과 연결되어 있음을 얼마든지 느낄 수 있다.

오랜 세월 동안 인류는 자기 신체 에너지 시스템을 깨닫고 발전시키기 위해 많은 노력을 기울여왔다. 여러 동양 무술의 궁극적인 목표도 움직이는 기의 흐름을 이용해 몸을 단련하고 강화하는 것이다. 하지만 기의 흐름을 우리의 영적인 몸(spiritual body)을 강화하는 방법으로 체계화하지는 못했다.

우리 몸을 순환하는 기의 흐름을 우주의 힘과 연결하지 못했기 때문에, 결과적으로 세상 만물과 자신의 삶을 연결할 수 없었다. 우주와의 합일을 느끼는 것은 지적인 학습이나 철학적 사고에 의해서가 아니라, 하나 됨을 온몸으로 느끼고 경험을 통해 세포 하나하나에 각인시키는 것임을 깨닫지 못했다.

평생 '물'을 보지 못한 사람에게 물에 관해 알려준다고 가정해보자. 첫 번째는 가능한 모든 수사력을 동원해서 말로 설명하는 방법이 있다. 물의 느낌, 맛, 색 등을 가능한 한 상세하게 말로 묘

사하는 것이다. 두 번째는 이 사람을 번쩍 들어 올려 물이 가득한 수영장 속에 던지는 방법이다. 물이 어떤 것인지 알려주는 데 어느 방법이 더 효과적일까?

깨달음은 지성이나 사고에 의존해서 얻을 수 있는 것이 아니다. 개인적인 생생한 체험으로 알게 된 합일의 느낌, 이것이 깨달음의 열쇠이다. 기는 우리 몸과 마음, 영혼을 연결하는 다리로, 우리가 우주적인 존재임을 몸으로 '체험'하게 해준다. 그러니 더 이상 깨달음을 찾기 위해 속세를 버리고 깊은 산속 수도원으로 찾아가거나 고행을 일삼을 필요가 없다.

선택받은 엘리트를 위한 깨달음의 시대는 끝났다. 인류의 행복과 미래를 위해 세상을 변화시킬 힘이 누구에게나 이미 주어져 있다는 진실을 깨달아야 한다. 이것은 우리 안에 있는 더 높은 존재를 살리기 위한 생존의 문제이다. 그리고 그 해결의 열쇠는 기를 다스리는 데 있다.

뇌호흡은 이완과 명상을 통해 몸 전체에 흐르는 기를 느끼고, 우리 몸에서 가장 강력한 에너지 저장고인 뇌를 자극하는 두뇌혁명이다. 무한한 잠재력을 품고 있는 자신의 뇌를 깨어나게 하는 방법이다.

진정한 합일의 경험을 원한다면 그저 말로만 소망하지 말고 자신의 뇌를 활용하는 방법을 배워야 한다. 장담하건대, 뇌를 통해 진정한 하나 됨을 경험한 사람은 그 순간부터 인생관이 달라질 것이다.

사람이면 당연히
깨달아야 한다

'깨달음의 혁명'의 가장 중요한 목표는 모든 사람에게 깨달을 수 있는 잠재력이 있다는 사실을 알려주는 것이다. 깨달음은 소수의 선택된 사람들만 도달할 수 있는 세계가 아니다. 일상생활 곳곳에서 일어날 수 있는 상식적인 일이다. 깨달음이 대중화된 사회, 깨달음이 하나의 문화 현상으로 자리 잡은 사회. 이것이 오늘날 병든 사회와 문화를 치유할 유일한 방법이다.

하지만 깨달음이 대중화되고 하나의 문화 현상으로 자리 잡는 것도 그 시작은 개인의 깨달음에서 출발한다. 충분히 많은 개인이 깨닫고 나서야 비로소 대중적인 깨달음을 기대할 수 있다. 그렇다고 복잡한 현대사회의 특성상 사람들에게 모든 것을 버리고 오직 깨달음에만 매달려서 그들의 일상을 헌신하라고 요구한다면 그 또한 억지이다. 한 사람 한 사람이 일상에 충실하면서도 율려라는 더 깊은 차원의 마음을 깨닫고 체험할 수 있는 무언가가 필요하다.

그래서 깨달음 혁명의 다음 목표는 우리 몸에 흐르는 기 에너지를 통해 누구나 일상에서 율려를 경험할 수 있게 하는 것이다. 모든 생명의 근원이자 에너지원인 율려의 빛을 보고, 율려의 소리를 듣고, 율려의 진동을 느끼게 하는 것이다. 이 책에서 소개할 뇌호흡은 율려를 경험하는 데 필요한 중요한 개념이자 기술이다.

나는 이 책을 읽는 여러분에게 단지 더 높은 영적 차원에 도달하라고 권유하는 것에 그치고 싶지는 않다. 그러한 권유는 그동안 깨달은 많은 성인이 해온 것으로도 충분하다. 나는 여러분 한 사람 한 사람이 율려를 체험하고 참자아에 눈떠 자기 잠재력을 깨우도록 실제적인 안내인이 되고 싶다.

뇌호흡을 통해 여러분은 인생의 가장 중요한 목표를 이루게 될 것이다. 삶의 목표를 조화로움을 창조하는 데 두는 영적인 사람, 그런 '뉴휴먼'이 점점 많아질 때 전 세계적으로 깨달음의 문화운동이 불붙게 될 것이다. 나는 10년 안에 그 시기가 올 것이라고 믿는다. 그때가 되면 우리는 새로운 정신문명 시대의 지평을 여는 인류 역사상 가장 장대한 혁명을 이룩하게 될 것이다.

그 혁명은 지금 이 순간, 당신에서 시작된다.

기^氣와의 첫 만남

기를 처음 경험한 것은 여덟 살 때로 거슬러 올라간다. 나는 시골에 살았다. 전쟁 뒤라 우리 가족뿐 아니라 모든 사람의 삶이 평탄하지 않을 때였지만, 눈을 감고 그때를 돌이켜보면 그래도 아름다운 장면들이 머릿속을 지나간다. 어머니와 아버지의 얼굴, 언제나 졸졸 다정한 소리를 내며 흐르던 맑은 시내, 귀가 먹먹할 정도로 울어대던 매미 소리, 함께 놀던 동무들의 함성…. 이 모든 것에는 다시 그 시절로 돌아가 거닐어보고 싶을 정도로 아름다운 추억이 깃들어 있다.

함박눈이 쏟아지는 겨울 새벽, 어머니가 다급하게 깨우는 소리에 눈을 떴다. 오늘이 할머니 생신인데 깜빡 잊고 고기를 사놓지 않았으니 어쩌면 좋으냐고, 어머니는 걱정이 태산이었다. 당시로서는 며느리가 시어머니 생신을 잊어버린다는 것은 있을 수 없는 일이었다. 더구나 할머니는 인근에서 호랑이 시어머니로 소문이 자자하신 분이었다.

가장 가까운 정육점이 있는 마을까지는 험한 산길을 따라 10여 리를 가야 했다. 간밤에 내린 눈은 발목이 푹푹 빠질 정도로 쌓여 있었다. 어머니는 어린 내가 보기에도 안쓰러울 정도로 사색이 되어 발을 동동 굴렀다. 나는 용기를 내어 정육점이 있는 마을까지 심부름을 다녀오겠다고 자진해서 나섰다. 다른 방법을 찾지 못한 어머니는 몇 번을 망설이더니, 조심해서 다녀오라고 신신당부하며 나를 배웅했다.

정육점이 있는 읍내까지 가려면 공동묘지가 있는 산을 하나 넘어야 했다. 눈도 많이 쌓인 데다 날도 어두컴컴했다. 유난히 겁이 많았던 나로서는 벅찬 길이었다. 하지만 그때는 이런 생각을 할 겨를이 없었다. 사색이 된 어머니의 얼굴만 머릿속에 맴돌고, 할머니가 일어나시기 전에 얼른 고기를 사 와야 한다는 생각뿐이었다. 그런데 바로 그날, 오랜 세월이 지난 후에도 절대 잊히지 않을 일이 일어났다.

나는 발목까지 푹푹 빠지는 어두운 눈밭을 걷고 있었는데, 그 길이 그다지 힘들거나 무섭게 느껴지지 않았다. 나를 감싸고 보호해주는 어떤 밝고 온화한 에너지가 느껴졌다. 따스하고 부드러운 그 느낌은 마치 온 하늘이 보드라운 담요가 되어 나를 감싸는 것 같았다. 콧노래를 부르며 정육점까지 눈밭 위를 달려갔다.

정육점은 불이 꺼져 있었다. 문을 두드리자 부스스 잠이 덜 깬 모습으로 주인이 나타났다. "아니, 이 새벽에 웬일이냐?" 정육점 주인은 나에게 자초지종을 듣더니 이렇게 이른 아침에 심부름하는 게 기특하다며 고기를 덤으로 더 얹어주기까지 했다.

집으로 돌아올 때도 나는 누군가의 품에 안긴 듯 평온함을 느끼며 눈길을 달려왔다. 내 몸은 날아갈 듯 가벼웠고, 의식은 그 순간순간이 각인될 만큼 또렷했다. 그때 문득 이런 생각이 들었다. '내가 여기서 뭐 하고 있는 거지?'

'모든 것이 꽁꽁 얼어붙은 이른 아침에 왜 내가 심부름을 하는 거지?'라는 뜻이 아니다. '어머니와 아버지, 내 형제, 친구들…, 이들과 함께 있는 나, 이 나는 무엇이지?'라는 뜻이다. 갑자기 길을 잃은 것처럼 온 세상이 낯설고 몹시 어색하게 느껴졌다. 몸이 하나의 껍질처럼 갑갑하게 느껴지면서 내가 내 몸속에 갇혀 있다는 엉뚱한 생각이 들었다.

'어? 내가 있어야 할 곳은 여기가 아닌데, 나는 지금 여기서 뭘 하는 거지?' 이런 생각을 하며 집에 도착했을 때, 식사 준비를 하던 어머니는 어떻게 그렇게 빨리 다녀왔느냐며, 놀란 눈으로 나와 눈이 날리는 마당을 번갈아 쳐다보셨다. 나는 어머니한테 고기를 건네고는 따뜻한 아랫목에 배를 깔고 턱을 괸 채 생각에 잠겼다. '왜 내가 여기 있는 거지?'

이것이 기와의 첫 번째 만남이었다. 나는 이 만남을 통해 기는 몸으로 느낄 수 있는 '실재'일 뿐만 아니라, 내면의 참자아를 만나게 해주는 강력한 힘을 지녔다는 사실을 알게 되었다. 물론 여덟 살 때의 경험을 이런 식으로 이해하게 된 것은 그 후로 20년의 세월이 지난 뒤였다.

우리들 각자가

다수의 깨달음을 발아시킬 수 있는

한 알의 씨앗이 되어

새로운 깨달음의 문화운동을 펼쳐나가길 희망한다.

깨달음의 혁명은 지금 이 순간,

당신에서 시작된다.

정 보 의   질 과   양 이   ' 나 ' 의   가 치 를   결 정 한 다

2장

나는 누구인가?

왜 깨달아야
하는가?

배고픈 두 사람이 하얀 쌀밥 한 공기를 앞에 두고 앉아 있다. 한 사람은 숟가락으로 밥을 푹푹 퍼서 아주 급하게 먹고, 다른 한 사람은 맨 위에서부터 차근차근 소심하다 싶을 정도로 천천히 먹고 있다. 어떤 방법이 더 낫다고 생각하는가? 각자 성격에 따라 다를 것이다.

그런데 두 사람 사이에 먹는 방법을 놓고 언쟁이 벌어졌다. 첫 번째 사람은 어차피 몇 분이면 다 먹게 될 밥을 어떻게 먹느냐가 뭐 그리 중요하냐고 생각한다. 두 번째 사람은 밥을 먹을 때조차도 지켜야 할 양식이 있다고 강조한다. 시간이 지나면서 언쟁은 점점 뜨거워진다.

첫 번째 사람은 두 번째 사람을 향해 지나치게 자제하고 조절하려 든다며 비난한다. 두 번째 사람은 첫 번째 사람에게 지나치게 서두르면서 식탐을 낸다며 맞선다. 마침내 언쟁은 주먹싸움으로 변하고 만다. 주먹이 오가는 사이 식탁에 있던 밥그릇이 바닥으로 굴러떨어져 쌀밥은 엎질러지고 결국 두 사람 다 밥을 먹을 수 없게 되고 만다.

왜 이런 일이 생겼을까? 두 사람 다 무엇이 중요한지 잊어버린 결과이다. 먹는 방법이 문제가 아니라 실제로 밥을 먹고 배고픔을 해소하는 것이 중요하다는 사실을 보지 못했기 때문이다. 이들은 서로가 옳다는 것을 증명하기에만 급급해서 결국 두 사람 다 굶어야 했다.

*

위 이야기는 현대사회를 아주 단순하고 적절하게 비유하고 있다. 첫 번째 사람이 자본주의를 상징하고, 두 번째 사람이 사회주의를 상징한다고 생각해보자. 두 개의 이데올로기 사이에 어떤 차이가 있는가? 쌀밥 한 공기를 두고 먹는 방법이 다를 뿐이다.

자본주의는 가능한 한 빨리 먹기를 원하지만, 공산주의는 위에서부터 차근차근 먹기를 원한다. 이 둘 사이에는 접근 방법의 차이만 있을 뿐이다. 한쪽만 옳다고 할 수 없다. 그런데도 우리는 불필요한 논쟁에 휩싸여서 결국 밥공기를 엎어버리고 만다.

만약 밥공기를 떨어뜨리지 않았다면 어떻게 되었을까? 아마 허겁지겁 빠른 속도로 밥을 먹은 사람이 주린 배를 만족하게 채울 수 있었을 것이다. 요즘 세상을 보면 자본주의가 승자인 것처럼 보이지만, 배불리 먹었다고 해서 첫 번째 사람이 옳았다고 할 수는 없다.

이 두 사람이 똑같이 밥을 나눠 먹고 허기를 함께 달랠 수는 없었을까? 한 사람을 만족시키기 위해 다른 사람이 굶는 방법밖에 없었을까? 자신이 조금 더 많이 가지면 가질수록 그만큼 다른 사람이 가질 양이 줄어든다는 것을 깨닫게 되면 어떤 느낌이 들까? 남들보다 더 많이 가진 이는 그렇지 못한 사람보다 더 훌륭하고 더 능력 있고 더 똑똑하니까 당연하다고 생각해야 할까? 이것이 적자생존인가? 아니다. 나는 그렇게 생각하지 않는다. 우리는 분명 더 나은 선택을 할 수 있는 존재이다.

가톨릭과 신교의 차이점은 무엇일까? 기독교인과 유대교인, 흑인과 백인 사이에 왜 싸움이 일어나는 것일까? 모두 쌀밥 한 공기를 놓고 먹는 방법이 달라서 다투는 것이다.

모든 문제를 너무 단순화한다고 못마땅해하는 사람이 있을지도 모르겠다. 하지만 더 큰 눈으로 바라보면 첨예하게 대립하는 것처럼 보이는 문화적 차이도 사실은 아주 사소한 것일 뿐이다. 그런데도 이 사소한 차이가 야만적이고 비극적인 인류 역사를 만들어 왔다.

사소한 차이를 부풀리고 과장한 결과, 인간이 얼마나 잔혹해졌던가. 십자군은 자신들의 종교를 내세워 연약한 여인과 아이들의 배를 갈랐다. 가톨릭과 신교도들은 유대인의 집을 노략질하고도 모자라 마을 광장에서 돼지에게 입을 맞추라고 강요했으며, 나중에는 화형까지 시켰다.

로마제국은 기독교인들을 원형 경기장 안에 몰아넣고 수천 명의 광분한 관중이 지켜보는 가운데 굶주린 사자의 먹이로 만들었다. 일본군은 우리나라를 침략해 마을을 불태우고 죽은 사람들의 귀와 코를 잘라갔다. 도쿄 한복판에 있는 귀 무덤은 인간이 얼마나 잔혹해질 수 있는가를 보여준다.

우리가 하느님의 이름을 내세워 스스로를 방어할 능력조차 없는 죄 없는 아이들의 목숨을 앗아간다면 하느님은 정말로 행복해하겠는가? 과연 하느님은 자신을 믿는 사람이 잘하고 있다고 응원할까? 신성함을 내세우는 종교가 어떻게 그런 끔찍한 짓을 저지를 수 있었단 말인가? 중세 시대 사람들이 오늘의 우리보다 더 미개하고 무지한 야만인이었기 때문에 그런 잔혹한 일을 저지른 것일까?

*

산업혁명과 정보혁명 덕분에 우리는 눈부신 풍요와 편리함 속에서 살고 있지만, 불행하게도 오늘의 우리도 그들과 크게 다르지 않다. 단 몇 시간이면 지구 반대편까지 날아갈 수 있고, 수만 리나 떨어져 있는 사람과 인터넷으로 실시간 대화가 가능하며, 단 5분 안에 뜨끈뜨끈하고 맛있는 음식을 만들어 먹을 수 있다. 하지만 편리하고 풍요로운 생활은 파괴의 속도도 그만큼 높였다.

이제는 폭탄 하나로 얼마든지 대량 살상이 가능하다. 오존층은 회복이 불가능할 정도로 손상되었고, 더 맛있는 것을 더 많이 먹으려는 인간의 탐욕 때문에 열대우림이 사라져가고 있으며, 바다가 오염되고 있다. 인간의 역사상 가장 풍요로운 시대에 살고 있으면서도 우리는 굶주림의 고통을 완전히 뿌리 뽑지 못했고 전쟁을 막지도 못했다. 불의는 여전히 성행하고 있다.

늙은 부모의 사회보장 연금을 타내기 위해 아들이 힘없는 아버지를 폭행하고, 초등학교에 다니는 어린이가 선생님과 친구들에게 총을 난사하고, 부모가 어린 자식의 생명을 보험금과 맞바꾸는 세상이다. 우리는 더하면 더했지 과거의 잔인함과 야만스러움에서 한 치도 벗어나지 못한 세상에서 살아가고 있다.

우리는 아직도 쌀밥 한 공기를 나눠 먹는 현명한 방법을 찾지 못했다. 인류 역사가 시작된 이래 끊임없이 우리를 부추겨온 경쟁이라는 패러다임 속에 여전히 틀어박혀 있다. 우리는 자기의 가치를 실현할 수 있는 길이 경쟁뿐이라고 착각한다. 그래서 어떤 대가를 치르더라도 승자가 되기를 원한다. 이런 패러다임 속에서는 나 아닌 다른 사람들은 전혀 중요하지 않다.

인생이라는 경기장에서 이기고 싶은 일념으로 밥그릇을 앞에 놓고 끝없는 논쟁을 벌여왔지만, 우리에게 남은 것은 배고픔뿐이다. 이것이 지금 우리가 살아가고 있는 세상의 현실이다. 당신은 이 세상에서 의미 있는 그 무언가가 되기 위해, 자신이 멋지다고 느끼기 위해, 아니면 단순히 살아남기 위해 경쟁해야 한다.

이런 세상에서 과연 누가 승자라고 말할 수 있을까? 더 좋은 집, 더 좋은 차, 명예와 인기를 좇아 남보다 더 많이 가지려는 욕심으로 저마다 앞다퉈 달려가고 있다. 이것이야말로 경쟁심을 이용해서 승자와 패자를 나누는 또 하나의 카스트 제도이다.

*

지금의 사회제도는 오직 승자의 손만 들어준다. 경쟁에서 진 사람은 사회의 중심에서 밀려났다는 패배 의식에 사로잡혀 두려움과 절망이라는 암울한 운명을 떠안게 된다. 이렇게 절망의 한복판으로 떨어진 사람들은 초조와 불안 때문에 자신 속에 있는 선함을 볼 힘도, 참자아를 찾을 여력도 없다. 자신을 그런 처지로 몰아넣은 환경을 증오하고 복수심만 키우는 함정에 빠지기 십상이다. 시간이 지나면서 이 증오심은 더 많은 증오와 파괴를 만들어낸다.

바로 이런 이유로 멀쩡하게 보이던 아이들이 자기 친구들을 향해 총부리를 겨누고 무자비하게 방아쇠를 당기는 비극이 일어나는 것이다. 바로 이런 이유로 강간과 살인, 증오로 시작된 온갖 범죄가 일어나고 있다.

이것은 일시적인 현상이 아니다. 범죄율이 자꾸 높아지는 이유는 우리가 만들어낸 사회제도와 분위기가 사람들을 충동질하여 범죄를 저지르도록 몰아가기 때문이다. 증오심에 불타 폭력을 행사하던 이들은 죄의식과 자괴감으로 더 큰 절망의 나락으로 떨어진다. 괴로움을 이기려고 약물에 빠져들고, 다시 다른 사람에게 해를 입히며 또 다른 파국을 향해 치닫는 악순환이 되풀이된다.

패자라고 느낄 때 사람들이 왜 이런 식으로 행동할 수밖에 없을까? 그 이유는 인간으로서의 기본적인 욕구를 충족하지 못했기 때문이다. 모든 사람에게는 세 가지의 본능적인 욕구가 있다. 자신의 안전을 보장받으려는 욕구, 남에게 인정받고 싶은 욕구, 다른 사람을 지배하거나 조절하려는 욕구이다. 이 세 가지 욕구는 현대사회의 모든 인간관계에 크게 영향을 미친다.

이 중에서도 안전(안정)의 욕구는 가장 기본적인 것이다. 사람들은 무언가로부터 자신의 안전이 위협당한다고 느끼면 분노하고 공격적으로 변한다. 위협의 대상이 자신의 생명이든 재산이든 사회적 지위든 마찬가지이다. 이런 위협에 무방비 상태인 사람들은 쉽게 두려움에 빠지고 절망한다.

한편 사람들은 남에게 자기 가치를 인정받고 싶어 한다. 남이 나를 알아주면 기분이 좋고, 알아주지 않으면 기분이 나쁘다. 그래서 다른 사람들에게 인정받기 위해서 무슨 짓이든 하려 든다. 당신이 안전의 욕구와 남에게 인정받고 싶은 욕구를 만족시키기 위해 애썼던 모든 노력의 결과가 지금의 당신을 만들었다. 당신은 안전을 보장받고, 자신이 쌓아온 것을 잃지 않기 위해 계속 미소를 지어야 하며, 남에게 인정받기 위해 성실하게 일해야 한다. 그리고 사회적 지위를 유지하기 위해 책임감을 잃지 않으려고 애쓴다.

마지막으로 우리는 지배의 욕구를 가지고 있다. 자기 말에 동의하고 순순히 따르는 사람에게는 호감을 느끼지만, 사사건건 의견 충돌을 빚는 사람은 좋아하지 않는다. 대개 사람들은 뇌물을 제공해서 환심을 사려는 행위는 비도덕적이라며 비난한다. 하지만 만약 누군가 아첨을 하면서 당신의 안전하고자 하는 욕구와 인정받고자 하는 욕구를 만족시켜준다면 그를 대하는 당신의 마음이 전과 달라지지 않을 수 있을까? 그가 당신에게 개인적인 일을 부탁할 때 깨끗이 거절할 수 있겠는가? 반대로 당신의 기본적인 욕구를 공격하는 사람이 있다면, 그 사람이 아무리 고매한 인품을 가졌다 해도 그에게 계속 호의적일 수 있겠는가?

사람은 크게 다르지 않다. 세 가지 욕구가 충족되느냐 아니냐에 따라 슬퍼하기도 하고 기뻐하기도 하는 존재이다. 당신은 어떤 일에 기뻐하고 슬퍼하는가? 자신의 의식 깊은 곳을 들여다보라. 그동안 당신이 느꼈던 감정과 행동이 모두 이 세 가지 욕구에서 비롯되었음을 인정하게 될 것이다. 경쟁에서 진다는 것은 애타게 채워지기를 바라는 이 세 가지 욕구를 무자비하게 공격하기 때문에 그렇게 큰 상처로 남는 것이다.

하지만 사람에게는 이 세 가지 욕구 너머에 한 가지 욕구가 더 있다. 우리를 가장 인간답고 성스러운 존재로 만들어주는 욕구이다. 우리가 이 세상에 생명을 받고 태어난 이유는 바로 이 욕구를 실현하기 위해서이다.

이 욕구는 물질적 차원이 아니라 영적인 근원에서 나온다. 영혼 깊은 곳에서 솟아나는 이 갈망은 본능보다 더 깊숙한 곳에 숨어 있다. 그 욕구는 조화와 사랑에 뿌리를 두고 다른 이들과 하나로 연결되고자 하는 것이다.

격앙되고 소모적인 생활 속에서 단 몇 초 만이라도 걸음을 멈추고 이런 생각을 해본 적이 있는가? 온갖 걱정에서 해방되고, 어떤 존재에게 항상 사랑을 받고 있다는 느낌이 얼마나 근사할지. 그런 경험이 있다면 그것은 당신이 나약해서도, 도피 심리가 있어서도 아니다. 그것은 영혼이 우리에게 소중한 뭔가를 일깨우기 위해 보내는 신호이다. 우리 인생에는 치열한 경쟁에서 살아남기 위해 싸우는 일보다 훨씬 더 멋지고 아름다운 일이 있다는 것을 상기시켜 주는 신호이다.

깨닫는 것만이 이러한 영혼의 욕구를 만족시킬 수 있다. 영혼의 욕구가 충족되지 않았기 때문에 우리는 그동안 이유를 알 수 없는 외로움과 두려움, 공허감을 느꼈다. 영혼은 우리가 영원하며 아무 부족함이 없는 그 어떤 존재의 일부라는 사실을 깨닫기를 원한다. 영혼은 율려와 하나 되는 순간을 간절히 기다리고 있다.

당신이 단 한 번이라도 율려를 마주하게 된다면 예전의 작고 사소한 욕망과 덧없는 감정들이 순식간에 사라지는 것을 경험하게 될 것이다. 마치 햇빛이 비치면 어둠이 절로 사라지는 것처럼. 자신이 거대하고 장엄한 존재의 일부라는 것을 아는 순간, 돈과 권력을 맹목적으로 추종하는 일에 더 이상 마음이 끌리지 않게 된다.

먼저 당신은 세 가지 욕구를 자유자재로 다룰 방법을 배우고, 그다음은 이 욕구를 놓을 수 있어야 한다. 그리고 올바르고 확실한 목적지를 선택해야 한다. 자신이 가고자 하는 목적지를 확정하지 못한 사람이 어떻게 그곳에 갈 방법을 생각해낼 수 있겠는가? 마음으로 확실하게 선택하고, 그 선택을 용기 있게 행동으로 옮기기 전에는 어떠한 변화도 기대할 수 없다.

우리가 자꾸만 안정의 욕구, 인정의 욕구, 지배의 욕구에 빠져드는 이유는 하나 됨에서 느끼는 더 큰 안정감을 잃어버렸기 때문이다. 영혼의 목소리를 듣는 감각을 닫아버렸기 때문이다. 반면에 경쟁을 부추기는 사회를 향해 모든 감각을 집중하고 경쟁을 통해서만 자신을 실현할 수 있다는 착각에 빠져 있다. 무자비한 경쟁을 거치면서 우리는 협동, 신뢰, 조화라는 감각을 놓쳐버렸다. 그 결과 아무리 큰 부와 명예를 얻었다 해도 두려움과 불안함에서 벗어날 수 없게 되었다.

*

진정 행복하고 아름다운 사회는 경쟁을 통해서 자신의 가치를 평가받는 사회가 아니라, 조화와 화합을 통해서 가치를 창조하고 실현하는 사회이다. 이런 사회를 만들기 위해 절대적으로 필요한 것이 영적인 혁명이다. 현재 우리 삶의 가치를 판단하는 기준을 오감五感에서 영적인 감각으로 전환해야 한다. 지금까지 우리를 지배해왔던 경쟁 패러다임에서 조화와 상생의 패러다임으로 전환할 방법은 그것뿐이다. 인류의 전체의식이 이런 변화를 가능하게 할 만큼 충분히 성숙해야 한다. 우리가 '깨달음의 혁명'을 일으켜야 하는 이유가 여기에 있다.

우리 사회가 안고 있는 고질병들은 제도를 비판하는 것만으로는 절대 치유할 수 없다. 법률을 강화하고 새로운 법을 제정한다 해도, 그 법이 아무리 정의롭고 선한 의도로 만들어진 것이라 해도 그 자체만으로는 오늘날의 문제를 해결할 수 없다.

정치, 경제, 문화, 종교 등 우리 사회의 모든 분야가 말로는 사랑과 화합, 협동을 추구하지만 하나같이 실패한 이유는 이들 모두가 경쟁의 패러다임 속에서 시작되었고 그 틀을 넘어서지 못했기 때문이다. 개인 이기주의와 집단 이기주의에서 벗어나 인류 전체를 생각하는 의식으로 전환하기 위해서는 한 사람 한 사람 안에 내재한 신성을 일깨울 자극이 필요하다. 진정으로 의미 있는 변화를 이루어내기 위해서 새로운 깨달음의 문화운동이 필요하다.

이 운동은 우리들 한 사람 한 사람이 우주와 연결되는 것에서부터 시작될 것이다. 우리가 하나라는 사실을 잊을 수도 없고 다시는 부정할 수도 없는 방법으로! 그래서 충분히 많은 사람이 진실을 깨닫고 그 진실을 행동으로 옮긴다면 인류는 조화와 화합을 기반으로 하는 새로운 패러다임을 창조해낼 수 있다. 새로운 패러다임은 이 책에서 끊임없이 강조해온 세 가지 과정 – 개인의 깨달음, 집단의 깨달음, 인류 전체의 깨달음을 통해서 창조될 것이다.

*

새로운 천 년이 시작된 지금, 우리는 인류 진화의 마지막 단계인 영적인 단계로 도약하느냐 좌절하느냐의 갈림길에 서 있다. 새로운 인류 역사가 시작되는 획기적인 순간이다.

먼저 우리는 개인의 깨달음을 시작하는 길 위에 올라서야 한다. 그런 다음 그 개인들이 모여 뉴휴먼 공동체를 만들고 참자아와 참사랑을 통해 인류 전체의식에 영향을 미쳐야 한다. 인류 전체가 의식의 전환을 경험하고 우리가 우주의 일부임을 깨달을 때, 삶의 가장 신성한 목표에 도달하게 될 것이다.

그렇다면 이 신성한 여행을 어디서부터 어떻게 시작해야 할까? 이제 그 이야기를 할 차례이다. 우리를 둘러싼 생명 에너지, 우리와 우주를 연결해주는 다리인 기를 타고 이 여행을 시작하자. 그리고 뇌를 이용해 우리와 우주 사이에 튼튼한 다리를 놓자.

정보의 질과 양이
당신의 가치를 결정한다

"당신이 제일 좋아하는 꽃은 무엇입니까? 제일 좋아하는 색깔은 무엇입니까?"라고 물으면 대개는 "나는 장미를 좋아합니다."라고 하거나 "나는 파란색을 좋아합니다."라는 식으로 대답할 것이다. 그때 당신이 말하는 '나'는 누구인가? 장미와 파란색을 좋아한다고 선택한 '나'는 무엇인가? 이 존재는 당신 머릿속에 들어 있는 정보의 집합체이다.

당신은 셀 수 없을 정도로 많은 정보의 조각들로 이루어진 정보의 조합물이다. '나'에 대한 인식은 이름, 나이, 좋아하는 색깔, 좋아하는 꽃, 인생에서 행복했던 시절, 미래의 꿈 등등이 합쳐져 결정된다. 다양한 정보의 조각들이 모여 당신과 다른 사람을 구분

짓는다.

우리가 흡수한 정보는 세 가지 범주 - 유전 정보, 지식 정보, 경험 정보로 나눌 수 있다. 유전 정보는 아버지의 정자와 어머니의 난자로부터 전해진다. 이것은 아주 오랜 시간의 정제 과정을 거쳐 선조들로부터 우리에게 전해진 것이다. 지식 정보는 외부 세계의 자원들 - 책, 교육, 영화, TV, 다양한 대중매체 등을 통해서 알게 된다. 정보의 형태로 보면 간접적인 정보이다. 경험 정보는 개인적인 체험을 통해서 흡수한 직접적인 정보이다.

정보라고 해서 모두 믿을 만하거나 가치가 있는 것은 아니다. 그 가운데는 믿을 만하다고 증명된 정보도 있고 그렇지 못한 정보도 있다. 때로는 옳다고 생각했던 정보가 그른 것으로 판명될 수도 있다. 모든 사람이 동의하는 정보도 있고 특정한 그룹에서만 통용되는 정보도 있다.

예를 들어 힌두교도가 많은 인도나 네팔에서는 소를 신성하게 여겨 어린아이들이 굶어 죽을지언정 소를 식량으로 쓸 생각을 하지 않는다. 네팔을 방문했을 때 이러한 광경을 목격한 나는 종교의 교리나 계율이 인류의 생활양식에 얼마나 강력한 지배력을 갖는지 실감했다.

기독교의 경전인 구약성경에서는 뱀을 이브를 유혹하고 선악과를 따먹게 만든 악의 상징으로 표현하고 있다. 그래서 기독교 문화권인 서양에서 뱀은 사악함 그 자체로 여긴다. 그러나 동양 문화권에서 뱀은 거듭나기 위해 허물을 벗고 다시 태어나는 영원한 에너지와 신성함의 상징이다. 정보는 개인적인 경험이나 종교적인 전통, 문화적 배경에 따라 이처럼 극단적으로 대비되기도 한다.

광대한 정보의 바다에서 살아가는 현대인들에게는 그 어느 때보다 다양한 정보를 구분하고 판단할 능력이 필요하다. 가장 신뢰할 수 있고 가치 있는 정보는 직접 몸으로 체험해서 얻은 살아 있는 정보이다.

*

뇌호흡은 정보의 선택과 처리 과정을 더욱 효율적으로 하기 위해 창안한 프로그램이다. 뇌호흡을 통해 경험 정보를 판단하고 선택하면, 정보에 지배당하는 것이 아니라 정보를 활용하는 주인 노릇을 할 수 있다.

당신이 어떤 정보를 가지고 있느냐에 따라 당신의 선택과 결정이 달라진다. 당신이 어떤 말을 하고 어떤 생각을 하는가, 지금 어떤 직업을 가지고 있는가도 당신이 지닌 정보 해석의 총결산이다.

한 인간의 가치는 그 사람이 가진 정보의 질과 양이 결정한다고 해도 과언이 아니다. 정보는 한 사람의 가치를 평가할 때 허가증이나 증명서 같은 역할을 한다.

당신은 어떤 정보를 가지고 있는가? 얼마나 많은 정보를 가지고 있는가? 그 정보는 어느 정도로 귀하고 깊이 있으며 근원적인가? 이런 질문에 대한 대답이 바로 당신 인생의 가치를 결정한다. 아무리 많은 정보를 가지고 있어도 그 정보가 다른 사람에게 피해를 주거나 전체 사회에 도움이 되지 않는다면 그 정보가 우리 삶에 무슨 소용이 있겠는가?

우리는 지금까지 누군가의 가치를 판단할 때 그 사람의 가치관이나 인생철학을 묻는 대신 그 사람의 교육 수준, 직업, 가정환경, 재산, 그 밖의 다른 외적 요소들을 중요시해왔다. 이제 기준이 바뀌어야 한다. 한 인간의 진정한 가치는 그가 사회의 조화와 화합을 위해 얼마나 긍정적인 정보를 가지고 있으며 또 얼마나 긍정적인 정보를 생산해냈는가로 판단해야 한다. 사회에 기여할 긍정적인 정보를 많이 가지고 있는 사람은 그만큼 정신적으로도 성숙한 사람이다.

아무리 재능이 뛰어나고 머리가 똑똑한 사람이라 할지라도 그가 생산해내는 정보가 전체 사회에 피해를 주는 것이라면 그를 가치 있는 사람이라고 말할 수 없다. 한 나라의 대통령이나 세계적인 기업의 최고 경영자라 할지라도 사회를 위해 긍정적인 공헌을 하지 않았다면 그들을 가치 있다고 말할 수 없다. 높은 지위와 권력의 자리에 있는 사람일수록 그 지위에 맞는 실제적이고 긍정적인 변화를 창조해낼 막중한 의무가 있다.

우리는 정보의 집합체이면서 동시에 정보의 주인이다. 하지만 대부분의 사람은 정보의 주인으로서 자신을 구성하는 다양한 정보들을 변화시킬 권리와 능력이 자신에게 있다는 사실을 모르고 있다. 그저 무의식적으로 흘러들어오는 정보를 별다른 의문이나 불평 없이 수동적으로 받아들일 뿐이다. 그리고 자신이 받아들인 다양한 정보들이 실제 자기라고 생각한다.

벼룩 한 마리를 잡아 유리병 속에 집어넣고 뚜껑을 닫아보자. 벼룩은 처음 몇 분 동안은 유리병 속에서 펄쩍펄쩍 뛰어오르지만, 뚜껑에 몇 번 부딪히고 나면 더 이상 뛰지 않는다. 나중에는 뚜껑을 열어놓아도 더 이상 뛰어오르지 않고 유리병 속에 안주한다.

우리 인간에게는 애초에 이런 유리 뚜껑 같은 것이 없다. 우리의 한계는 오직 '저 위에 뚜껑이 있다'라는 거짓 정보에서 시작될 뿐이다. 자신이 유리병 속에 갇혀 있다고 생각하는 것은 그 상상의 뚜껑을 치울 생각도 못 하고 바깥으로 나가 자유를 누릴 수 있는 선택권을 스스로 포기하는 것이나 다름없다. 우리에게는 상상의 뚜껑을 걷어내고 자유를 선택할 권리가 있다. 오직 선택하기만 하면 된다.

정보로부터의 자유는 자신이 정보의 주인이 되겠다는 선택을 하고 그것을 실천으로 옮길 때 얻을 수 있다. 그 힘은 뇌에서 나온다.

*

사람이면 누구나 뇌를 가지고 있지만, 이 뇌를 활용하는 법을 제대로 아는 사람은 극히 드물다. 뇌는 모든 컴퓨터의 아버지이다. 슈퍼컴퓨터도 인간의 뇌가 만들어낸 것이며 언어, 종교, 문화, 역사, 법률을 포함한 현대 문명의 모든 것을 창조해낸 것도 뇌이다. 인류는 뇌를 이용해 꿈을 실현해왔다. 창조의 원천인 뇌를 안다면 곧 인간 존재의 비밀을 알게 된다.

대부분의 선진국은 인간의 뇌가 지니고 있는 신비를 파헤치기 위해 경쟁적으로 연구에 몰두하고 있다. 하지만 이런 연구의 대부분은 뇌의 생물학적, 구조적 측면에 초점이 맞추어져 있다. 뇌를 잘 활용하는 것에 관한 연구는 아직도 미진하며 연구자들도 극소수에 불과하다.

뇌 연구에서 가장 중요한 측면은 뇌의 기능을 밝히는 것이 아니라, 어떻게 하면 뇌의 잠재력을 더 많이 발휘하게 할 것인가이다. 보통 사람들은 평생 자신의 뇌를 5~10%만 활용한다고 한다. 심지어 천재적인 업적을 남긴 아인슈타인조차도 자신의 뇌를 고작 10%만 사용했다고 한다. 이것은 슈퍼컴퓨터를 장만해놓고 겨우 단어 하나를 입력하는 프로그램만 사용하는 것과 같다.

숨어 있는 뇌의 잠재력을 깨워 인류 전체의 삶의 질을 향상할 방법은 무엇인가? 이것이야말로 21세기 과학이 나아가야 할 연구 방향이다.

*

우리 뇌가 가진 다양한 기능 중 제일 중요한 것이 뇌의 정보처리 능력이다. 컴퓨터에 자료와 정보를 입력하거나 삭제하는 것처럼, 우리 뇌에도 정보를 입력하거나 삭제할 수 있다. 더 나아가 정보를 새로 만들어내는 뇌의 기능만 따져도 인간의 뇌는 그 어떤 최첨단 컴퓨터도 따라잡을 수 없을 정도의 놀라운 능력을 갖추고 있다.

당신 뇌 속을 어지럽히는 주범인 부정적이며 잘못된 정보들을 마음대로 지워버릴 수 있다면 얼마나 멋진 일이겠는가? 물론 인간의 뇌는 병이 들거나 늙으면 자연스럽게 정보를 잊어버리기도 하지만, 감정적인 충격을 동반한 정보는 그리 쉽게 사라지지 않는다.

어린 시절에 사람들 앞에서 노래를 부르다 당혹스러웠던 경험이 있는 사람은 어른이 되어서도 그때의 기억이 강하게 뇌리에 남아 노래 부르는 것을 꺼리게 된다. 이처럼 부정적인 정보는 뇌에 들어가면 마치 컴퓨터 바이러스처럼 사람을 무력하게 하는 파괴적인 힘을 발휘한다.

사람들은 대부분 자신이 가지고 있는 정보의 지배를 받으며 살아간다. 좋은 정보는 인생이 잘 풀릴 수 있게 하고, 나쁜 정보는 자기 파괴의 길로 이끌기도 한다. 정보가 지닌 이러한 힘에 따라 우리는 기뻐서 웃기도 하고 후회의 눈물을 흘리기도 한다.

이제는 우리가 정보의 흐름에 지배당하는 것이 아니라 정보의 흐름을 조절하고 지배해야 한다. 그러자면 뇌가 가진 힘을 믿고 그 힘을 올바르게 활용할 줄 알아야 한다. 뇌는 쓰면 쓸수록 유연해지고 훨씬 많은 것을 가르쳐주는 아주 흥미로운 고성능 컴퓨터이다.

*

우리가 뇌에 긍정적인 정보를 입력할 때, 뇌는 창조의 불꽃을 피우고 더욱 효율적으로 움직인다. 누군가 당신에게 묻는다.

"당신이 지금 이 시대에, 지구에 태어난 것은 지구를 구하고, 인류 의식의 새로운 지평을 열며, 21세기를 평화의 세기로 만들기 위해서입니다. 동의합니까?"

당신은 어떻게 반응하겠는가? "네."라고 대답하고 그 정보를 받아들인다면 그 순간 당신 뇌는 자신감과 기쁨에 넘치게 된다. 만약 "아니오."라고 대답하면 뇌는 그대로 정보를 받아들여 위축된다. 이것은 에너지의 법칙이다. 의식을 확장하는 정보를 선택하면 뇌는 무한히 확장되고, 의식을 축소하는 정보를 선택하면 뇌는 그대로 위축된다.

그렇다고 지구를 구한다는 말의 중압감에 눌려 엄청난 부담감을 느낄 필요는 없다. 남들보다 쓰레기 하나 더 줍고, 이웃에게 먼저 다정한 말 한마디 건네는 것 또한 세상을 구하는 일이니 말이다. 사실 우리는 지금 그 간단한 일조차 실행에 옮기지 못하고 있지 않은가?

삶의 질은 뇌에 어떤 정보를 주고 어떤 프로그램을 작동시키느냐에 따라 달라진다. 당신이 이 지구에 태어난 목적을 그저 남들처럼 대충 살다 가는 것으로 생각하는 자기 파괴적인 정보를 한시

라도 빨리 지워버리자. 그리고 그 자리에 당신의 가치를 최상으로 만들 정보를 입력하자. 지구라는 별에, 해결해야 할 문제가 산적한 이 시대에, 다름 아닌 사람으로 태어난 것이 얼마나 소중한 기회인지 알아야 한다.

자신에게 인류 문제를 해결하고 지구를 살리고 이 세상을 더 조화로운 곳으로 만들기 위한 소명이 있다는 정보를 뇌에 입력한다면, 그 즉시 더 높은 영적 각성의 단계로 뛰어오르고 고양된 에너지를 느끼게 될 것이다.

*

원래 인간의 뇌 자체에는 선하거나 악하다는 개념이 없다. 뇌는 순수하며 선악의 구별을 모르는 기관이다. 하지만 우리가 원하건 원하지 않건, 사회는 선과 악의 정의를 내리고 구별할 것을 요구한다. 우리는 이런 정보들을 뇌 속에 가득 채워 일상생활에서 가치를 판단하는 잣대로 사용한다. '나'는 내게로 들어오는 다양한 정보들의 수동적인 조합물이 되어간다. 누군가 "당신은 누구입니까?"라고 물으면 대개는 이름을 말하거나 직업을 말한다. 하지만 이름과 직업은 진짜 당신이 아니다.

종교 또한 우리의 뇌를 점령하고 있는 또 다른 정보 제공자이다. 심지어 삶과 죽음이라는 개념도 뇌 속에 들어 있는 정보일 뿐이다.

뇌에 들어 있는 모든 정보를 지워버리면, 당신에게 남는 것은 뇌뿐이다. 그렇다고 기억상실증 환자가 되라는 말은 아니다. 그동안의 잘못된 정보에서 비롯한 감정적인 짐으로부터 자유로워지라는 의미이다. 그러한 과정을 통해 우리는 자신이 가지고 있는 정보들을 신선하고 객관적인 시각으로 다시 돌아볼 수 있다. 그리고 그 정보들을 인생에 긍정적인 변화를 가져오는 정보로 바꿀 수 있다.

뇌호흡의 목적은 정보를 입력하고 삭제하는 조절력을 키움으로써 자기 뇌의 진정한 주인이 되는 것이다. 뇌는 누구에게든 더 나은 삶을 만들기 위한 도구일 뿐이다. 우리는 이 도구를 어떻게 사용하느냐에 따라서 삶의 질을 높일 수도, 더 나아가 영적으로 성숙해질 수도 있다. 뇌호흡의 궁극적인 목표는 의식의 각성을 통해 자기 영혼을 성장시키는 것이다. 개개인의 각성은 자신뿐 아니라 결국 인류 전체의 영적 성장에 이바지한다.

뇌호흡은 육체적인 건강과 정신적인 평화를 가져올 뿐만 아니라 자기 안에 살아 있는 창조주를 만날 수 있게 한다. 일상에서 깨달음을 얻기 위한 도구로 뇌호흡을 마음껏 활용하라. 당신의 참자아를 찾기 위한 도구로, 당신의 참사랑을 회복하기 위한 도구로 마음껏 활용하라. 뇌호흡은 '깨달음의 혁명'의 정수이다.

뇌를 아는 것이
나를 아는 것이다

뇌를 자신의 의도대로 활용하려면 우선 뇌에 관한 기본 지식을 알아야 한다. 복잡하게 얽힌 뇌 구조를 상세하게 공부할 필요는 없다. 기본적으로 뇌가 크게 세 부분으로 나누어진다는 정도만 알면 된다. 뇌의 제일 바깥에 있는 층은 대뇌피질이고 중간층은 대뇌변연계이다. 그리고 가장 안쪽에 위치한 층이 뇌간이다.

뇌의 3층 구조에서 대뇌피질은 영장류의 출현과 역사를 같이한다. 대뇌피질은 가장 최근에 발전한 것으로 다른 층에 비하면 역사가 짧다. 주로 논리적 추리, 이성적 분석과 판단, 기억에 관여한다. 인간이 언어 능력을 발전시키고, 추상적 이념과 종교를 창조하고, 법률을 만들고, 문명의 개화를 이루어낸 것은 바로 대뇌피질이 고도로 발달했기 때문이다. 생물학적 차원에서 인간이 다른 동물과 구별되는 것은 대뇌피질 때문이다.

대뇌피질은 인간의 기본적인 본능을 제어하는 능력이 있다. 때로는 그러한 의지가 지나쳐서 자연스러운 생존 본능을 억압하기도 하지만 뇌의 세 층 중에서 오늘날 우리가 살아가는 물질세계에 가장 큰 영향력을 행사한다.

대뇌변연계는 감정과 욕구의 영역을 다스린다. 식욕과 성욕, 그리고 기쁨, 분노, 슬픔과 사랑 등의 다양한 감정이 일어나는 곳이다. 오감을 관장하는 역할도 대뇌변연계의 영역에 속한다.

인간의 경우 대뇌피질이 발달하면서 대뇌변연계는 상대적으로 그 크기가 줄었고, 고양이나 개와 같은 동물의 대뇌변연계보다 덜 발달했다. 폐활량은 인간이 더 크지만, 개는 인간보다 훨씬 탁월한 후각을 지니고 있다. 인간에게는 이성적인 추리 능력이 있지만 독수리처럼 100미터 상공에서도 멀리 떨어져 있는 먹이를 볼수는 없다.

*

대뇌변연계와 대뇌피질은 재미있는 상관관계가 있다. 한 어린아이가 과일 가게 앞을 지나가다가 탐스럽게 생긴 사과를 보았을 때 대뇌변연계는 사과를 집어 먹으라고 지시한다. 한편, 강력하게 이성을 관장하는 대뇌피질은 주머니 속에 돈이 얼마나 있는지 먼저 확인하라고 지시한다.

아이가 "지금은 저 사과를 살 만큼 돈이 없으니까 당장은 먹을 수 없어."라고 대뇌피질이 요구한 대로 행동하는 순간, 대뇌변연계는 당장 사과를 먹지 못한다는 사실에 불평한다. 그러면 대뇌피질은 "집에 가서 엄마에게 사과 살 돈을 달라고 해야지. 사과는 조금 있다 사 먹으면 돼."라는 결론을 내려준다. 이런 식으로 대뇌피질은 대뇌변연계의 본능적인 욕구를 조절한다. 대뇌변연계의 욕구와 대뇌피질의 조절 능력이 균형을 유지할 때 우리 몸과 마음은 조화롭다. 만약 대뇌피질이 너무 빡빡하게 조절하려 들면 대뇌변연계는 분노와 스트레스를 통해 자신의 욕구불만을 해소하려 한다.

대뇌피질과 대뇌변연계 사이에서 균형 감각을 얼마나 잘 발휘하느냐에 따라 개인의 성격과 인격이 드러난다. 대뇌피질의 힘이 너무 강한 사람은 자꾸 안으로 움츠러드는 경향이 있고, 자신도 모르는 사이에 완벽주의자가 되기 쉽다. 반대로 대뇌변연계의 요구를 잘 따르면 순간적인 욕구 충족에 급급하게 되는데, 이런 사람은 일반적으로 조직 사회에서 활동하는 데 어려움을 겪는다. 두 부분이 서로 보완하고 조절하며 균형을 이룰 때 행복하고 건강한 생활을 할 수 있다.

*

대뇌피질과 대뇌변연계의 조화보다 더 중요한 것이 뇌간이다. 뇌간은 소화, 호흡, 순환 등 인체의 생명 유지 기능을 관장하는 자율신경계를 책임진다. 우리 뇌에서 가장 중요하지만 잘 알려지지 않은 부분이다. 뇌간은 우리가 태어난 순간부터 죽을 때까지 단 1초도 쉬지 않고 활동한다. 끊임없이 심장을 뛰게 만들고, 폐를 팽창·수축하여 우리를 살아 숨 쉬게 한다.

만약 뇌간이 쉬겠다고 작정하면 무슨 일이 벌어질까? 다행히 뇌간은 우리가 죽지 않는 한 절대 쉬지 않는다. 대뇌피질과 대뇌변연계는 잠시 활동을 멈출 수 있지만 뇌간은 절대 쉬지 않는다. 지구가 태양 주위를 돌고 계절이 순환하듯, 뇌간은 어떤 대가도 바라지 않고 그저 묵묵히 인체의 효율적인 신진대사에 충실할 뿐이다.

뇌간은 선과 악을 구분하지도 않는다. 흉악한 살인범의 몸이건 고매한 성인의 몸이건 상관없이 뇌간은 주인의 몸을 제대로 유지하고 작동하는 일을 할 뿐이다. 뇌간이 창조주의 영역에 속하는 까닭이 여기에 있다.

신체의 모든 본능적인 기능은 뇌간의 지배를 받는다. 만약 뇌간이 담당하는 모든 일들, 눈을 깜박이는 아주 사소한 부분까지 대뇌피질을 통해 의식적으로 감지하고 제어해야 한다면, 우리는 어떤 일도 제대로 할 수 없을 것이다.

다행스럽게도 뇌간의 영역에 대뇌피질의 판단이 접근하는 일은 아주 특별한 경우를 제외하고는 거의 없다. 뇌간은 생명을 직접 관리하는 중요한 역할을 하므로 대뇌피질의 오판이나 변덕에 영향을 받지 않도록 기능적, 구조적으로 분리되어 있다. 대뇌변연계는 대뇌피질과 뇌간 사이에서 일종의 경계선 역할을 한다. 대뇌피질의 활동이 뇌간에 직접적인 영향을 미치지 못하게 한 것은 창조주의 깊은 배려이다.

*

대뇌피질은 시간, 공간, 냄새, 맛, 온도 등 52가지 항목을 판단하는 기능을 수행한다. 이 모든 항목에 대해 대뇌피질에서 '예'라는 판단을 내린, 0.01%의 의심도 없는 100% 확신을 얻은 정보만을 뇌간에서 받아들인다.

대뇌피질의 판단 기능이 멈춘 깊은 최면 상태에서는 주어진 암시를 뇌간까지 그대로 전달한다. 마취 주사 대신 최면을 이용해서 수술을 집도한 사례가 화제가 되기도 하는데, 같은 원리이다. 또 최면 상태에서 물을 마시게 하면서 아주 독한 술을 마신다는 암시를 주면 실제 술에 취한 사람처럼 말하고 행동하기도 한다.

따라서 뇌간에 잠재된 능력을 끌어낼 수만 있다면 초인적인 힘이나 기적적인 치유를 경험할 수도 있다. 반신불수로 누워만 지내는 환자일지라도 큰불이 나서 당장 뛰쳐나와야 할 다급한 상황에서는 벌떡 일어나 몸을 피한다. 생사가 걸린 위급한 상황에서 순간적으로 대뇌피질의 이성적인 판단이 멈추고 당장 병실 밖으로 나가야 한다는 정보가 곧장 뇌간으로 전달되기 때문이다.

성경에 나타나는 기적도 예수에 대한 사람들의 절대적인 믿음이 있었기에 가능했다. 대뇌피질을 개입시키지 않고 예수가 지닌 신유神癒의 능력을 100% 신뢰했기에 그 정보는 그대로 뇌간에 전해졌다. 그래서 예수가 "일어나 걸으라."라고 말했을 때 앉은뱅이였던 사람이 벌떡 일어났고, "물 위를 걸으라."라고 했을 때 제자 베드로가 물 위를 걸을 수 있었다.

오늘날 우리는 이러한 뇌간의 신적인 능력과 만나는 법을 잊은 채 살아가고 있다. 뇌간과 만날 수만 있다면 그것이 창조주와의 만남이다. 뇌호흡은 바로 이 뇌간에 있는 창조주와의 만남을 가능하게 한다. 이렇게 엄청난 잠재력을 지닌 뇌간을 개개인의 의식 성장을 위해, 인류의 더 나은 미래를 위해 쓸 수 있다면 인류 전체 의식에 비약적인 진보를 가져올 것이다.

정보의 선택이
운명을 바꾼다

그렇다면 뇌의 3층 구조는 의식의 성장과 어떤 관계가 있을까?

많은 사람이 깨달음이나 신성을 모호하고 신비로운 것으로 생각한다. 그러나 깨달음은 환상이 아니다. 나는 깨달음도 합리적이고 과학적으로 설명할 수 있어야 한다고 생각한다. 신경생리학적 측면에서 보면 깨달음은 뇌의 3층 구조를 재통합해서 그 기능을 마음껏 활용하는 상태이다.

누구나 적절한 훈련을 통해 이러한 상태에 이를 수 있다. 깨달음은 살을 빼거나 근육을 단련하기 위해 식사를 조절하고 체력에 맞는 운동을 하듯이 적절한 훈련을 통해 성취할 수 있다.

무엇보다 내가 강조하고 싶은 것은 깨달음은 특별한 몇몇 사람들만의 전유물이 아니라는 것이다. 다시 말해 여자든 남자든, 동양인이든 서양인이든 깨달아야겠다고 선택만 하면 누구든지 깨달을 수 있다. 나는 깨달음의 실체를 휘감고 있는 베일을 벗기고 싶다. 열심히 운동해야 좋은 몸을 가질 수 있는 것처럼 깨달음도 연습이 필요하다. 깨달음에 도달하기 위해 영적인 훈련을 해야 하고, 깨달음을 경험했다면 그 상태를 유지하기 위해 노력해야 한다. 이를 도와주는 프로그램이 뇌호흡이다.

*

일상생활에서 많은 일을 해결하려면 분석적이고 논리적인 대뇌피질의 판단이 필요하다. 학창 시절에는 1등 하기 위해 암기 위주의 학습을 해야 하고, 사회에 나와서는 남보다 빨리 승진하고 성공하기 위해 발 빠르게 새로운 이론과 기술을 습득해야 한다. 끊임없이 경쟁을 부추기는 현대사회에서는 대뇌피질을 과도하게 사용할 수밖에 없다.

대뇌피질을 쉬지 않고 사용한 결과, 많은 사람이 만성 스트레스로 심인성 질환에 시달리고 있다. 1998년 미국 듀크대 의과대학은 현대인들이 고통받고 있는 원인의 거의 100%가 스트레스 때문이라는 연구 결과를 발표했다.

*

식욕, 성욕, 안전의 욕구, 인정의 욕구, 지배의 욕구 등은 대뇌변연계에서 관장한다. 우리는 지금까지 치열하게 경쟁하며 대뇌변연계의 욕구를 달래려고 애써왔다. 하지만 대뇌변연계의 욕망은 끝이 없다. 하나의 욕망을 채우고 나면 늘 다른 무언가를 다시 갈망한다. 뇌간의 힘을 빌리지 않으면 대뇌변연계를 완전하게 만족시킬 수 없다.

사랑을 예로 들어보자. 모든 사람은 사랑받기를 원한다. 대뇌변연계에서 발원하는 사랑에 대한 욕구를 만족시킬 수 없을 때, 우리는 죽을 것 같은 고독감에 빠져든다. 지금까지 대뇌변연계는 사랑을 외부에서, 주위의 다른 사람들에게서 오는 것으로 생각해왔다. 하지만 사랑은 밖에서만 오는 것이 아니다. 이미 우리 안에 존재하고 있다. 바로 뇌간이 사랑의 샘이다. 뇌간은 대뇌변연계를 100% 만족시키고도 남을 만큼 무한한 사랑을 창조하는 능력을 지니고 있다.

사랑으로 생기는 삶의 모습들을 생각해보자. 우리는 사랑하기 때문에 또는 사랑의 결핍으로 웃기도 하고 울기도 한다. 그동안 대뇌변연계는 외적인 조건을 통해 사랑에 대한 만족감을 얻으려 했다. 그래서 많은 사람이 키 크고, 얼굴도 잘생기고, 일류 대학 출신에 유머와 자신감을 겸비한 사람을 사랑의 대상으로 찾는다. 심지어는 돈 많은 부자만 사랑하겠다는 사람들도 있다. 하지만 이런 모든 조건을 만족시키는 대상을 찾기란 불가능하다. 대뇌변연계가 원했던 사랑은 상대적이어서 조건이 더 좋은 사람이 나타나면 언제든지 식어버릴 작은 사랑이기 때문이다.

대뇌변연계도 우리는 모두 하나이며 모든 생명이 서로 연결되어 있다는 정보를 듣기는 했다. 하지만 그 정보가 큰 인상을 남기지는 못했다. 뇌에 영원히 각인될 만큼의 행복과 사랑을 동반한 체험적 정보가 아닌 그저 지식 정보에 불과했기 때문이다.

뇌가 진정으로 모든 것이 하나임을 알고, 사랑이 이미 우리 안에 존재한다는 것을 알 때, 우리가 그토록 추구하던 완전한 평화와 행복을 발견할 수 있다. 그 진정한 앎을 위해 우리는 뇌간의 힘을 빌려야 한다. 뇌간 속에는 진정한 사랑뿐만 아니라 생명이 가진 무한한 창조력이 숨어 있다. 우리 내면의 창조주를 발견할 수 있는 곳이 바로 뇌간이다.

이제 뇌간으로 여행을 떠나보자.

의식이 뇌의 가장 깊숙한 곳까지 들어갔을 때, 전에는 경험하지 못한 어떤 황홀경을 경험하게 된다. 어쩌면 당신은 이 황홀경에 눈물을 흘릴 수도 있다. 또한 당신 안에서 생명의 샘물이 끊임없이 솟아나는 것을 느끼게 될 것이다.

신성을 찾아 떠나는 여행에서 뇌호흡은 훌륭한 안내자이다. 뇌호흡의 목적은 의식이 주로 머물러 있는 대뇌피질에서 벗어나 대뇌변연계를 부드럽게 거쳐 뇌간으로 들어가는 것이다. 궁극적으로는 뇌간의 힘을 강화하여 내면의 창조주를 만나고 영적인 성장을 경험하는 것이다.

뇌간을 조절하려면 그동안 대뇌피질은 잠시 쉬어야 한다. 우리가 잠을 잘 때는 대뇌피질이 활동하지 않는다. 하지만 우리 의식도 동시에 휴식을 취하기 때문에 뇌간을 의식적으로 조절할 수는 없다. 대뇌피질은 잠이 들게 하면서 의식은 깨어 있게 할 방법이 있을까? 그것은 바로 명상이다.

뇌는 활동 상태에 따라 베타파, 알파파, 세타파, 델타파라는 네 가지 뇌파를 만들어낸다. 베타파는 모든 의식적인 활동을 할 때,

알파파는 고요한 평정 상태를 유지하면서 고도의 각성 상태에 도달했을 때, 세타파는 지각과 꿈의 경계에서, 델타파는 아주 깊은 수면 상태일 때 나타난다.

명상 중일 때는 안정되고 편안한 상태에서 의식은 각성한 알파파 상태이다. 하지만 가부좌를 틀고 눈을 감고 있다고 해서 명상하고 있다고 할 수는 없다. 처음에는 온갖 잡념이 폭포처럼 쏟아지기 마련이다. 뇌간까지 도달하는 길이 아직 열리지 않은 상태이므로 의식이 깊이 내려가기가 어렵다.

뇌의 각 층에는 문을 지키는 경비원이 있다. 다음 층으로 들어가려면 암호가 있어야 한다. 만약 이런 암호가 없다면 모든 사람이 자유롭게 뇌 속을 여행하고 언제라도 내면의 창조주와 대화할 수 있을 것이다. 뇌호흡은 각 층을 통과할 수 있는 암호를 일러주는 수련법이라 할 수 있다. 뇌호흡은 대뇌피질의 의심을 잠재우고 대뇌변연계의 욕구를 만족시켜서 의식이 뇌간 깊숙이 들어갈 수 있도록 한다. 뇌호흡은 시간과 공간을 초월하여 창조주가 있는 곳으로 떠나는 여행이다. 우리는 뇌호흡을 통해 우리 안에 있는 창조주를 만날 수 있으며 율려를 만날 수 있다.

자, 이제 뇌호흡을 통해 뇌간 속으로, 율려의 세계로 여행을 떠나보자.

마음이 가는 곳에
기^氣가 있다

뇌간으로 들어가는 여행을 시작하기 전에 먼저 기를 느끼는 단계
를 거쳐야 한다. 기에 대한 감수성을 높이는 과정이다. 기는 우리
를 살아 있게 하는 생명 에너지이며, 세상을 가득 채우고 있는 우
주 에너지이다. 기는 우리 안에도 있고, 바깥에서 우리를 감싸고
도 있다. 기는 자석으로 끌어당기는 느낌, 열감, 전류가 흐르는 듯
한 찌릿함 등으로 나타난다. 뇌간으로 들어가기 위해서는 이 에너
지의 물결 위에 올라타야 한다. 우리가 기 에너지 속에 몰입해 있
을 때 대뇌피질은 자연스럽게 기능을 멈추고 휴식을 취한다.

　자기 내면으로 들어가려면 먼저 불안함을 정복해야 한다. 자신
에게는 더 높은 차원의 자아가 있다는 사실을 믿어야 한다. 참자

아는 마음의 평화를 통해서만 만날 수 있다. 깨끗하게 정돈된 방에서 물건을 찾는 것과 난장판으로 어지럽혀진 방에서 물건을 찾는 것 중 어느 쪽이 더 쉽겠는가? 기는 어지러운 마음의 방을 정돈해서 우리가 미로 속에서 헤매지 않고 참자아를 만날 수 있도록 안내한다.

대뇌피질은 매우 의심이 많은 존재여서 직접 눈으로 보고, 냄새를 맡고, 소리를 듣고, 손으로 만져서 확인하지 않으면 믿으려 들지 않는다. 기에 대해서도 마찬가지이다. 하지만 걱정할 것 없다. 기를 느끼기는 아주 쉬운 일이고, 일단 기를 느끼면 그 존재를 인정할 수밖에 없다. 이 세상에는 눈에 보이지는 않지만 아주 중요한 어떤 세계가 있다는 사실을 받아들일 수밖에 없다.

당신은 그때부터 인생에 대해 진짜 중요한 질문을 하기 시작할 것이다. 또한 그동안 안주해왔던 익숙한 세상의 한계 너머에 무한한 가능성의 세계가 펼쳐져 있음을 보게 될 것이다. 기는 당신의 잠재력을 깨워주고 참자아가 있는 곳까지 친절하게 데려다준다. 그러니 모든 것을 기운에 맡기고 편안한 마음으로 따라가기만 하면 된다.

*

이제 본격적으로 기 에너지를 타고 여행을 떠나보자.

양손을 가슴 높이로 들어 올린다. 양 손바닥 사이를 5센티미터 정도 벌린다. 살며시 눈을 감고 손에 의식을 집중한다. 잡념이 떠올라 의식을 집중하기 힘들면 마음속으로 '손~, 손~, 손~' 하고 되뇌어본다.

서서히 손에서 열감이 느껴질 것이다. 훈훈한 온기가 손 주위를 감싸고 있는 느낌이 들기도 하고, 전류가 흐르는 듯 찌릿찌릿하고 묵직한 느낌이 들 수도 있다. 손바닥 위로 작은 벌레가 기어 다니는 것처럼 간지러울 수도 있다. 당신이 느끼는 이것이 기 에너지이다.

이제 손바닥 사이에서 이 힘이 어떻게 작용하는지 느껴보자. 양손이 점점 벌어진다고 상상한다. 그러면 당신이 의식적으로 손을 움직이지 않아도 손이 저절로 벌어진다. 이제 양손이 점점 가까이 모아진다고 생각하면 양손이 서서히 제자리로 돌아온다. 지금 당신이 경험한 것이 바로 기의 원리이다. 당신이 마음먹은 대로 기를 사용할 수 있다. 이 얼마나 간단하면서도 놀라운 자연법칙인가!

*

이제 기의 원리를 경험했으니 좀 더 재미있는 실험을 해보자. 마음으로 기운 공을 만들어보자. 역시 가슴 앞에 양손을 들어 올려 양 손바닥이 서로 마주 보게 한다. 손의 힘을 빼고 손을 둥그렇게 만들어 원을 그리듯 천천히 돌려본다.

상상이 잘되지 않는다면 찰흙으로 지름 20센티미터 정도의 동그란 공을 빚는다고 상상해도 좋다. 양손 사이에서 공처럼 둥근 입체로 탄력 있게 뭉쳐지는 기 덩어리가 느껴질 것이다. 공의 질감을 느껴보고 양손으로 어루만지면서 둥근 윤곽을 느껴보자. 밝고 미세한 빛의 입자들이 촘촘하게 모여서 에너지 공을 만들고 있다고 상상해보자.

공을 점점 크게 했다가 다시 점점 작게 만들어보자. 감각을 놓치지 말고 부드럽게 굴리면서 놀아보자. 당신은 지금 마음의 힘을 이용해 공 모양의 에너지를 만들어냈다. 당신의 마음도 기 에너지이고, 지금 당신이 양손으로 쥐고 있는 에너지 공도 기로 만들어진 것이다.

*

이렇게 우리 주변에는 원하기만 하면 마음대로 활용할 수 있는 무한한 에너지가 존재한다. 그리고 연습하면 할수록 이 에너지를 능숙하게 쓸 수 있다. '마음이 가는 곳에 기가 모인다!'라는 원리를 꼭 기억하자.

생명의 진동
속으로

모든 생명은 쉬지 않고 움직이고 있다. 딱딱한 바위와 말 없는 산조차도 끊임없이 진동하고 있다. 이 세상 모든 존재는 우주의 리듬에 맞춰 영원한 춤을 추고 있다. 생명은 끊임없는 진동을 통해 스스로를 반기고 축복한다. 그리고 우리는 이 진동을 이용해 뇌간으로 들어가 생명의 참모습을 경험할 수 있다.

당신 안에서 일어나는 생명의 진동이 느껴지는가? 원한다면 지금 바로 그 진동을 경험해볼 수 있다.

*

의자에 앉거나 바닥에 편한 자세로 앉는다. 손바닥이 위를 향하게 양손을 무릎 위에 살며시 올린다. 그리고 손에 의식을 집중한다. 집중이 잘되도록 마음속으로 가만히 되뇌어본다. '손~, 손~, 손~.'

이제 무거운 바위가 손바닥을 누르고 있다고 상상한다. 그 무게감을 느끼면서 마음속으로 '하나' 하면서 손을 가슴 쪽으로 천천히 들어 올린다. '둘' 하면서 다시 무릎 위로 내린다. 이 동작을 여러 번 반복한다. 간단하고 반복적인 이 동작이 대뇌피질을 일시적으로 휴식하게 한다.

다음은 어깨 힘을 완전히 빼고, 무릎 위에 얹은 손의 무게를 느껴보자. 손이 점점 무거워진다. 손의 무게가 무릎을 내리누를 정도로 점점 무거워진다고 상상한다. 당신은 이제 완전한 휴식 상태에 이르고 아주 편안해진다. 마음을 고요히 가라앉히고 호흡에만 의식을 집중한다. 대뇌피질에서 일어나는 이성적인 판단과 지적인 활동들이 조용히 사그라지면 대뇌변연계의 감정이 느껴진다.

당신의 의식은 이제 대뇌변연계 층에 와 있다. 대뇌변연계는 뇌간의 파장에 따라 부드럽게 진동한다. 이제 당신은 대뇌변연계에 갇혀 있던 무수히 많은 감정이 올라오는 것을 느낀다. 대뇌피질에 눌려 있던 감정들을 바깥으로 내보내라. 외로움, 비통함, 슬픔, 서러움, 분노,… 모든 감정을 지금 당장 바깥으로 내보내라. 눈물이 난다면 울어도 좋다. 그 눈물은 대뇌변연계를 정화하는 눈물이다.

천천히 숨을 들이쉬고 내쉰다. 세 번 정도 반복한다. 당신의 의식은 대뇌변연계 안쪽 깊숙한 곳에까지 들어와 있다. 조금만 더 가면 뇌간으로 들어갈 수 있다. 뇌간에 이르면 완전한 환희와 행복감에 출렁이는 순간을 맞게 된다.

*

이제는 뇌간 속으로 들어갈 준비를 하자. 당신 안에서 일어나는 생명의 힘을 믿고 따라가면 된다. 뇌간이 내보내는 생명의 미세한 진동을 느껴보자. 아주 부드럽고 섬세한 진동이다. 진동이 당신 가슴을 가로질러 어깨와 팔로 번져가는 것을 느껴보자. 진동이 척추를 따라 오르내린다.

이때 몸이 천천히 좌우로 살랑거리면서 흔들릴 것이다. 미풍이 불어오는 바닷가에 잔물결이 밀려왔다 밀려가는 느낌과 비슷하다. 그 힘이 점점 강해지면서 흔들림도 따라서 커질 것이다. 진동은 생명이다. 그 생명이 당신 몸을 흔드는 힘을 느껴보자.

이제 숨을 천천히 들이마시고 내쉰다. 집중과 이완, 팽창과 수축을 통해 당신 안에서 생명을 노래하는 진동을 느껴보자. 진동 안에 완전한 기쁨과 평화가 있다. 진동 안에 우주의 참사랑이 있다. 진동을 통해 당신은 창조주와 하나가 된다. 우리는 끊임없는 진동 속에서 살고 있다. 단지 감각이 그것을 알아채지 못하고 지나쳤을 뿐이다. 심장박동도 진동의 한 형태이다.

뇌간에는 모든 생명으로 직통하는 문이 있다. 당신 의식은 이제 뇌간의 문지방 앞에 서 있다. 당신의 존재 전체가 이 진동의 힘을 느낀다. 황금빛으로 빛나는 진동의 오라aura를 느낀다. 이 황금빛 오라 속에서 당신은 끊이지 않고 우주의 리듬과 함께 맥동하는 거대한 진동의 물결을 느낀다.

이제 뇌간이 하는 말에 귀를 기울일 때다. 당신에게 다가오는 소리를 들어보자. 뇌간이 창조주와 함께 나누는 대화에 당신을 초대하고 있다. 그 초대에 응하라.

이 놀라운 순간의 소중함을 느끼는가? 뇌간에서 뿜어내는 찬란한 빛줄기 같은 사랑에 감사함을 느끼는가? 지금 당신은 창조주와 하나가 되어가고 있다. 이 순간 하늘과 땅과 사람이 하나가 되었음을 느껴보라. 이 순간을 기다려 당신에게 완전하고 신성한 사랑의 감로수를 뿌려주는 우주의 넓은 인내심과 사랑을 느껴보

라. 이것이 당신 안에 있는 창조주이다. 율려이다.

따뜻한 에너지 물결이 휩쓸고 지나가면서 온몸이 부드럽게 진동한다. 몸과 마음의 에너지가 정점에 도달한다. 한없이 고양된 의식 속에서 당신은 생명의 진동을 경험한다.

*

지금 당신이 경험한 것은 뇌호흡의 여러 단계 중에서 가장 강력하고 핵심이 되는 율려진동수련이다. 뇌호흡은 다섯 단계로 이루어지는데 율려진동수련은 이 중 4단계에 해당한다.

뇌호흡의 1단계는 '뇌 감각 깨우기'로 집중력을 높이고 의식의 집중을 통해 기 에너지에 대한 뇌의 감수성을 높인다. 2단계는 '뇌 유연하게 하기'로 뇌를 이완시키고 적절한 휴식을 통해 뇌 기능을 활성화한다. 3단계인 '뇌 정화하기'는 그동안 억눌려 있던 감정이나 자신을 사로잡고 있던 부정적인 기억을 놓아버리는 단계이다. 4단계는 '뇌 통합하기'이다. 뇌 속에 들어 있는 정보의 흐름과 질을 조절하는 법을 배우는 단계로 '나는 누구인가'와 '내 삶의 목적은 무엇인가'에 관한 정보를 재구성한다. 이 과정에서 뇌간을 느끼고 뇌의 3층 구조를 통합한다. 마지막 5단계는 '뇌 주인

되기'로 대뇌피질과 뇌간의 연결을 더욱 강화하여 우리 뇌가 가진 무한한 창조력을 최대로 발휘하는 단계이다. 뇌 충전을 위한 최선의 방법은 4단계에서 통합한 정보를 일상에서 꾸준히 실천하는 것이다.

우리 안에 있는 기의 흐름과 진동을 통해 이 모든 단계에 올라설 수 있다. 진동을 통해 우주의 대생명력과 하나 될 수 있다. 사실 우리는 언제나 우주의 대생명력과 줄이 닿아 있지만 중요한 것은 단순한 지식으로서의 앎이 아니라 생생한 체험을 원한다는 것이다. 당신도 그런 체험을 갈망하지 않았는가?

진동을 통해 뇌간의 힘을 느껴보자. 진동은 당신에게 놀라운 치유의 힘이 있다는 것을 일깨워준다. 진동을 통해 생명은 그 자체만으로도 얼마나 완전한 것인가를 체험시켜준다. 생명의 진동은 우리 안에 있는 창조주의 목소리를 들을 수 있게 한다.

삶의 매 순간, 우리 안에서 생명의 진동은 끝없이 물결치고 있다. 우리 가슴과 뇌, 몸 전체에서 그 울림을 느낄 수 있다. 당신이 오늘 그 진동을 경험했다면 그 느낌을 절대로 놓치지 말고, 꼭 붙들기 바란다. 그 울려를 꼭 붙잡고 생명의 아름다운 메아리를 가로막는 장벽들을 걷어내고, 생명의 진동이 당신을 통해 온 세계로 퍼져나가도록 하라.

깨달음은
현실이다

깨달음은 선택이다.

깨달음은 선택한 것을 실천에 옮기는 용기이다.

깨달음은 참나를 발견하는 것이다.

깨달음은 참사랑을 회복하는 것이다.

깨달음은 내 가슴 안에 있는 율려와 노는 것이다.

깨달음은 훈련으로 도달할 수 있는 현실적인 목표이다.

영적인 훈련이나 명상을 하기 위해 굳이 깊은 산속으로 들어가지
말자. 요가 수행자나 승려, 소수의 지극히 평범한 사람들도 금욕
적인 생활과 고행을 통해 마지막에는 깨달음에 이를 수도 있다.

하지만 현대인들에게 이런 삶을 기대하기란 어려운 일이다. 지금 우리에게 필요한 것은 일상에서 실천할 수 있는 영적인 훈련을 통해 궁극적인 삶의 질문에 해답을 찾는 것이다. 이는 뇌호흡이 추구하는 목표이기도 하다.

우리는 뇌호흡으로 기와 생명의 진동을 타고 참자아를 찾기 위한 모험을 떠날 수 있다. 한마디로 뇌호흡은 모든 사람이 깨달음에 이르는 길이다.

앞에서도 언급했듯이 깨달음을 얻었다는 사람이 자신이 속한 사회에서 구체적인 변화를 만들어낼 수 없다면 그 깨달음은 깨달음이라 할 수 없다. 깨달음은 개인의 내면에서 일어나는 현상이다. 그러므로 다른 사람이 그 깨달음이 참인지 거짓인지를 가릴 수 없다. 깨달음의 증거는 그가 일상생활 속에서 사회를 치유하는 실천을 하는가 그렇지 않은가에 있다.

나는 사람들 사이를 고고하게 거니는 한 사람의 깨달은 이를 찾고 있는 것이 아니다. 모두가 깨달은 사람이 되기를 바라는 것이다. 인간 영혼의 총체적인 변화를 가져올 수 있는 길은 깨달음이 대중화되고 상식이 되는 길밖에 없다. 참사랑을 회복한 개개인들이 모여 깨달음의 문화가 세상을 바꿀 만한 힘을 형성할 때, 그때 인류는 눈부신 영적 진화의 길로 들어설 수 있다. 나는 그러한 일이 가능하다고 확신한다.

뇌호흡의 진정한 목표는 영적인 각성을 통해 얻은 고차원의 정보를 뇌간에 바로 입력시키는 것이다. 그럴 때 우리는 누구나 바라 마지않는 개인적인 창조성의 고양과 인류 전체의 눈부신 의식의 진보를 이룰 수 있다.

인류가 아무리 최고의 지식과 문명을 구축했다 해도 대뇌피질의 영역만으로는 영적인 성숙을 기대할 수 없다. 이성과 논리만으로 영혼이 요구하는 것을 들어주는 데는 한계가 있다. 뇌간의 힘을 강화하는 것만이 해결 방법이며 그 열쇠이다.

친구의 죽음

내가 열두 살 때의 일이다. 가만히 있어도 땀이 비 오듯 흐르는 무더운 날이었다. 더위도 식힐 겸 이웃에 사는 친한 친구에게 냇가로 헤엄치러 가자고 했다. 수영을 좋아하는 친구인데 웬일인지 그날따라 거절했다. 나는 싫다는 그의 등을 억지로 떠밀다시피 냇가로 데려갔다.

시원한 냇물에 땀을 씻고 있는데 저만치서 친구가 허우적거리기 시작했다. 깊은 데까지 헤엄쳐간 친구는 갑자기 쥐가 났는지 물속으로 자꾸만 가라앉았다. 나는 미친 듯이 친구에게로 헤엄쳐 갔다. 숨이 턱까지 차올랐지만, 간신히 친구를 물 밖으로 끌어낼 수 있었다. 인공호흡 같은 응급처치 방법을 전혀 몰랐기에 축 처진 친구를 등에

업고 무작정 뛰기 시작했다. 7킬로미터나 떨어진 그 애의 집까지 어떻게 뛰어갔는지, 그때 나는 제정신이 아니었다.

친구는 이미 숨이 멎어 있었다. 마당에 누워 있는 아들의 시신을 본 친구의 부모님은 충격을 받아서 반실성한 사람처럼 보였다. 만약 이웃들이 말리지 않았다면 나는 그날 친구 아버지에게 맞아 죽었을지도 모른다.

＊

그날 이후, 나는 모든 일에 흥미를 잃고 말았다. '사람이 이렇게 죽을 수도 있구나! 산다는 것이 이렇게 허망한 것이구나!' 이런 생각들이 머릿속을 떠나지 않았다. 친구의 죽음에 대한 자책감, 삶과 죽음에 대한 의문과 두려움, 누구도 이런 내 고민을 이해하지 못한다는 외로움 같은 것들이 늘 나를 따라다녔다.

고등학교 시절을 거치면서 점점 냉소적인 염세주의자가 되어갔다. 학교 공부에 흥미를 잃은 지는 벌써 오래되었다. 곤두박질치는 성적을 염려한 부모님이 일부러 전교에서 1등 하는 아이와 함께 하숙시켰지만, 그 친구마저 어느새 염세주의자가 되어버렸다.

나는 친구의 눈을 똑바로 바라보며 도전적으로 묻곤 했다. "너, 공부는 왜 하는데?" "너는 죽으려고 사는구나. 죽으려고 그렇게 기를 쓰고 공부하는구나." 그들이 인생에 관해, 삶의 목적에 관해 아무것도 모른다는 사실을 스스로 인정할 때까지 나의 질문은 계속되었다.

*

그 당시 나는 죽음에 대해 태도를 확실히 취하겠다는 결론을 내렸다. 죽음을 두려워할 바에는 차라리 죽음과 정면으로 맞서겠다는 것이 내 생각이었다.

'나는 죽음을 지배하겠다. 내가 모르는 사이에 죽음의 그림자가 나를 덮치도록 내버려 두지는 않겠다. 초라하게 죽음에 붙들리지 않을 것이다. 왜 살아야 하는지조차 모른 채 살아가는 것은 죽음에 대한 두려움 때문에 어쩔 수 없이 목숨을 부지하는 비겁한 짓이다. 태어나는 것은 내 뜻대로 못 했지만 죽음만은 내가 선택하겠다.'

그즈음 나는 늘 주머니 속에 수면제를 가지고 다녔다. 죽고 싶을 때 언제든지 죽기 위해서였다. 어느 날 야산에서 장례를 막 치른 묘를 발견하고는, 오늘 저녁에 저기에서 별을 보며 죽으리라 마음먹었다.

그날 밤 수면제를 한 움큼 먹고 묘 앞에 누웠다. 밤하늘에는 별들이 천연덕스럽게 반짝이고 있었다. 깜빡깜빡 혼미해지는 가운데서도 나는 정신을 잃지 않으려고 애쓰며 죽음이 찾아오기를 기다렸다.

그때 인적이 드문 그 산길에 마을 우체부가 나타나서는 의식을 잃고 쓰러져 있는 나를 발견하고 가까운 병원으로 데려갔다. 의식을 되찾은 나는 다짜고짜 내 목숨을 구해준 의사에게 욕을 퍼부었다. 내가 선택한 죽음에 왜 끼어드느냐고 그에게 따지고 들었다. 화가 난 의사는 내 뺨을 때리며 소리 질렀다. "이 녀석아! 죽는 게 그렇게 소원이면 지금 당장 죽어봐라!"

나는 밤을 꼬박 새워 나를 살려낸 의사에 대한 미안함과 동시에 살아 있다는 사실에 안도감을 느꼈다. 나도 모르게 쓴웃음이 나왔다. 죽음이란 내 멋대로 바란다고 해서 이루어지는 간단한 일이 아니라는 사실을 인정할 수밖에 없었다.

나의 청소년기는 내부에서 꿈틀대는 초자아와 다듬어지지 않은 거친 외부 의식이 끊임없이 충돌하며 격하게 흔들리던 방황의 시간들이었다.

깨달음은 선택이다,

깨달음은 선택한 것을 실천에 옮기는 용기이다,

깨달음은 참나를 발견하는 것이다.

깨달음은 참사랑을 회복하는 것이다.

깨달음은 내 가슴 안에 있는 율려와 노는 것이다.

깨달음은 훈련으로 도달할 수 있는 현실적인 목표이다.

당신은 이 혁명을 일으키는 첫 불꽃이 될 사람이다!

3장

우리는 어디로
가야 하는가?

우리의 고향,
마고성 이야기

정신적인 이상향을 꿈꾸고 이상적인 사회를 제안할 때면, 어김없이 냉소적인 목소리로 그런 것은 전에도 이루어진 적이 없고 앞으로도 절대 이루어질 리 없는 망상에 불과하다고 반박하는 사람들이 있다. 이런 회의론자들을 만날 때마다 나는 한없이 안타까울 뿐이다. 중요한 것은 우리가 마음 깊은 곳에서 그러한 이상향을 간절히 원하고 있다는 사실이며, 그 꿈을 이루기 위해 헌신적으로 노력하는 것이 우리가 할 수 있는 최선이라는 것이다.

모든 민족에게는 그 민족이 추구하는 이상향을 그린 신화나 설화가 있게 마련이다. 그런 이야기들은 동서고금을 막론하고 우리가 진정으로 바라는 것이 무엇이며, 돌아가야 할 곳이 어디인가를 공통으로 알려준다.

신라시대 박제상이 썼다고 전해지는《부도지符都誌》는 우리 민족의 가장 오래된 사서史書이다. 또한 세계 어느 나라에서도 찾아보기 힘든 독특하고 뜻깊은 창세創世 설화이기도 하다. 이 책에는 모든 사람들이 깨달음에 이르러 완전한 평화와 조화를 이루며 살았던 이상적인 공동체 이야기가 나온다.

*

《부도지》는 천지창조의 주인공이 율려라고 말한다. "율려가 몇 번 부활하여 별들이 나타났고, 그 별들은 끝없는 순환을 거듭하면서 우주의 어머니인 마고麻姑를 잉태했으며 마고성麻姑城을 창조해 내었다."

이 책에서 말하듯이 율려는 창조주의 의지가 직접적으로 드러난 것이다. 창조주는 율려를 통해 세상 만물을 창조했다. 또한 율려는 모든 생명을 관통하는 세 가지 요소인 빛, 소리, 진동으로 가득 차 있다.《부도지》에 따르면 인간도 율려로 만들어졌다.

그렇다면 율려가 창조해냈다는 마고성은 무엇일까? 마고성은 깨달음에 이른 사람들이 조화를 이루며 살았던 근원적인 세상의 모습이며, 우리가 가장 깊은 영적 단계에 올라간 후에 반드시 돌아가야 할 세상이다.

*

《부도지》에 따르면, 마고는 홀로 두 딸, 궁희와 소희를 낳았다. 궁희와 소희는 남성성과 여성성을 동시에 가지고 있는 완벽한 존재여서 홀로 각각 두 딸과 두 아들을 낳았다. 이 네 쌍의 남녀는 황인, 백인, 흑인, 청인을 이루어 율려로써 만물을 다스렸으며 땅의 젖인 이슬처럼 맑은 지유地乳를 마시고 살았다.

마고는 다시 한번 율려의 리듬으로 지상에 육지와 바다를 만들었다. 기氣, 화火, 수水, 토土가 서로 섞여 조화를 이루더니 풀, 나무, 새, 짐승들이 태어났다. 마고는 율려를 타고 지구를 아름다운 삶의 터전으로 가꾸어나갔다. 마고는 네 쌍의 남녀에게 지상에서 해야 할 일을 하나씩 맡겼다. 황인은 토를, 백인은 기를, 흑인은 화를, 그리고 청인은 수를 맡아 관장했다.

마고는 네 쌍의 겨드랑이를 열어 이 지상에서 살아갈 새로운 생명을 창조했다. 그리하여 황인, 백인, 흑인, 청인의 쌍들은 각각 세 아들과 세 딸을 낳았다. 이제 이들의 숫자는 모두 스물네 명이 되었다. 그리고 그들이 서로 결혼하여 몇 대를 지나는 사이 삼천 명으로 늘어났고, 이내 일만 이천 명이 되었다.

그들은 모두 지유를 마시며 완전한 조화 속에서 살았다. 품성이 조화롭고 따뜻했으며 순수하고 맑았다. 항상 하늘의 음악을 들었고, 마음먹은 곳이면 어디든 갈 수 있었으며, 모습을 나타내지 않고도 행동할 수 있었다. 일을 마치고 세상이 황금빛으로 물들 때면, 그들은 침묵 속에서도 대화가 통했으며 빛 속으로 사라질 수 있었다. 이들의 에너지는 하늘과 땅과 하나였기 때문에 유한한 육체의 한계를 넘어 모두가 장수를 누렸다.

그런데 사람들의 숫자가 늘어나면서 지유가 부족해졌고 지유를 먹기 위해 기다려야 하는 일이 생겼다. 무리 중에는 배고픔을 느끼는 사람도 있었다. 그중 한 명이 어느 날 우연히 포도를 먹고 큰 변화를 겪었다.《부도지》에서는 이 사건을 포도가 지닌 다섯 가지 맛(쓴맛, 신맛, 단맛, 짠맛, 떫은맛)으로 비유해서 '다섯 가지 맛의 타락'이라고 표현하고 있다.

많은 사람이 포도를 먹기 시작하면서 그들은 절대적인 합일의 세상을 잃어버렸다. 그들은 너와 내가 서로 다르다고 생각하게 되었고, 세상 만물을 판단하고 분별하는 능력에 눈뜨게 되었다. 마고성 사람들은 선과 악, 깨끗함과 추함, 하늘과 땅의 차이를 보게 되었다.

이들은 하나로 연결되어 있던 자기 몸과 마음과 영혼을 서로 분리하여 생각하기 시작했다. 율려와 직접 소통하는 능력을 잃어버렸고, 다른 존재와의 일체감도 놓치고 말았다. 마고성의 질서와 조화는 문란해지고 마고성의 존립마저 위험에 처했다.

최초의 황인, 백인, 흑인, 청인들은 이 사건에 연대책임을 지고 자신의 후손들을 데리고 마고성을 떠나기로 결정했다. 이렇게 불완전한 상태로는 마고성에서 계속 머무를 수 없다고 판단했기 때문이다. 성 바깥으로 나간 그들은 각자 동으로, 서로, 남으로, 북으로 길을 떠났다. 떠나기 전, 그들은 언젠가는 반드시 마고성으로 다시 돌아올 것을 맹세했다. 이것이 '복본復本의 맹세'이다.

그들은 나중에 마고성으로 돌아가기 위한 징표로 두 가지 보물을 가지고 떠났다. 하나는 모든 보이는 것과 보이지 않는 것의 근본인 기를 통해 율려를 회복하는 '수증修證'이라는 공부였다. 다른 하나는 그들이 한때 마고성의 일원이었음을 상기시켜 주는 하늘의 징표, '천부삼인天符三印'이었다.

*

나는 이 천부삼인을 〈천부경天符經〉의 원형이라고 생각한다. 천부경은 81자의 글자 속에 생명의 창조와 순환의 원리를 담고 있는 우리 민족 최고最古의 경전이다. 나는 깨달음을 얻고 나서 이 경전을 만났는데, 그때의 충격은 말로 표현할 수 없다. 성경과 불경이 겹겹이 아름다운 옷을 껴입은 여인이라면, 천부경은 살점 하나 붙어 있지 않은 앙상한 해골처럼 느껴진다. 천부경은 그만큼 직접적이고 적나라하게 우주의 실체를 드러낸다.

마고성의 이야기는 성경의 창세기나 다른 민족의 창세 신화와 유사한 점이 많다. 이는 우리 인간이 공통의 뿌리를 가지고 있으며 근원으로 돌아가고자 하는 깊은 영적 충동을 지니고 있다는 사실을 보여준다.

마고성이 상징하는 근원으로 돌아가기 위해서는 잃어버린 합일의 느낌과 조화를 회복해야 한다. 그것은 오직 깨달음을 통해서만 회복할 수 있는 감각이다. 깨달음이야말로 우리 존재의 본래 상태이기 때문이다. 충분히 많은 사람이 이 합일의 느낌을 되찾을 때, 충분히 많은 사람이 깨달음에 이를 때, 우리는 마고성으로 입성하여 마고의 이름을 부를 수 있다. 물론 우리 모두의 어머니인 마고는 두 팔을 활짝 벌려 우리를 환영할 것이다.

세상을 바꾸는 것은
인간이다

마고성에서 포도를 먹은 이후 또는 에덴동산에서 금단의 사과를 먹은 이후, 우리는 왜 모든 것을 자꾸만 분리하려고 드는가? 왜 우리는 신과 인간을 나누는가? 왜 나와 너는, 내 종교와 네 종교는 다르다고 말해야 직성이 풀리는가?

'나와 너' 대신 '우리'라고 생각하는 것이 그렇게 힘든 일인가? 마음을 조금만 더 열고 화합과 관용 속에서 모두가 함께 잘 사는 길을 받아들일 수 없단 말인가? 오직 파괴와 몰락만이 기다리고 있는 길에서 벗어나 창조주도 간절히 바라는 그 새로운 길로 들어설 수는 없단 말인가?

인류 역사와 우리가 살아가는 모습을 돌아볼 때, 창조주는 우리에게 생명과 함께 자유의지도 선사했음을 알 수 있다. 창조주는 우리 행동에 적극적으로 개입하거나 제약하는 대신 우리가 무엇을 할 것인지 선택할 수 있게 허용했다. 우리 본성을 시험해볼 기회와 힘을 준 것이다.

지금 이 세계와 지구가 안고 있는 모든 문제는 창조주의 잘못이 아니다. 순전히 인간이 일으킨 문제들이다. 인류가 자신의 잘못된 판단과 분노로 자멸의 길을 걷는다고 할지라도 창조주는 그저 바라볼 뿐, 나서지 않을 것이다. 왜냐하면 이미 우리에게 문제를 해결할 수 있는 모든 도구를 주었기 때문이다. 나머지는 전적으로 인간의 손에 달려 있다. 지구에 발도 안 붙이고 있는 창조주에게 책임을 떠넘겨서는 안 된다. 우리는 한 개인으로서, 한 사회의 구성원으로서, 세계의 일원으로서 그 책임을 져야 한다.

이제 더 이상 홀로 기도하는 것으로 만족하지 말자. 창조주는 우리에게 메시지를 주지만 이 세상을 변화시키는 대열의 선두에는 절대 서지 않을 것이다. 창조주가 천둥 번개로 하늘을 갈라놓거나, 사악한 자를 응징하는 본보기로 살인자들을 벌하는 일은 없을 것이다. 구름이 몰려와 예수의 형상을 만들고 천상의 빛을 비추어 전쟁이 멈춘다거나 하는 기적은 일어나지 않을 것이다.

인간의 운명은 인간에게 달려 있다. 우리는 스스로를 불행하게 만들 수도 있고 행복하게 만들 수도 있다. 지구를 파괴할 수도 있고 구원할 수도 있다. 마지막 순간에 창조주가 나타나 이 세상을 구해주리라는 착각은 이제 그만 하자. 창조주는 세상을 병들게 한 장본인이 아니므로 이 세상을 더 나은 곳으로 만드는 일에도 관여하지 않을 것이다. 창조주는 단지 우리의 심장이 계속 뛰고 지구가 계속 돌아가리라는 것을 약속해줄 뿐이다. 그 나머지 일은 인간의 일이다. 지금의 우리를 만든 것은 우리 자신이다.

미래는 우리 손에 달려 있다. 내가 창조주의 일부라는 사실을, 내 안에 창조주가 있으며 모든 인류를 위한 행복과 조화의 원천이 들어 있다는 사실을 깨달아야 한다.

지금 우리에게 필요한 것은 다수의 집단적 선택과 집단적 용기이다. 한 사람 한 사람이 깨달음을 '선택'하고, 그 선택이 모여 다음 단계의 '선택'을 위한 길을 터야 한다. 개인들의 깨달음이 모였을 때, 인류 전체의 깨달음으로 나아가는 길이 열린다. 인류의 구원은 한두 사람의 힘으로 절대 이루어질 수 없다. 수백만, 수천만 사람이 마음을 모아 이루어야 하는 일이다.

나는 앞으로 10년 안에 영적으로 각성한 1억 명의 사람들이 나타나 인류 전체의 깨달음을 위한 촉매 역할을 하리라 확신한다. 이 최초의 1억 명은 깨달음의 혁명이라는 불꽃을 점화하는 데 필요한 숫자이다.

1억 명의 사람들이 깨달음을 선택한다면 이 지구의 운명은 바 뀔 것이다. 그들의 선택과 결심이 만들어낸 치유의 진동은 인간 때문에 고통받는 지구를 치유할 것이다. 그런 다음 우리는 드디어 그토록 오랫동안 그리워하던 마고성으로 입성하는 길에 오를 것이 다.

뉴휴먼, 당신은
이 혁명을 일으킬 첫 불꽃이다

깨달음의 혁명이라는 대장정에 불을 지피기 위해서는 뉴휴먼 공동체를 만들어야 한다. 뉴휴먼이란, 자기 안의 율려를 만난 사람이며 자기 안의 창조주를 만난 사람이다. 율려와의 만남을 통해 우리는 자신이 누구인지, 삶의 목적이 무엇인지에 관한 참다운 자각을 얻을 수 있다. 그때 비로소 세상 모든 존재가 생명이라는 커다란 한 그루 나무에 핀 각각의 꽃이라는 사실을 이해하게 된다. 그리고 강력한 창조성과 숭고한 비전, 풍부한 감성과 부드러운 사랑의 현현顯現을 통해 자신 안에 있는 율려와 창조주를 확인하게 된다.

　뉴휴먼이 되는 과정을 뇌호흡의 개념으로 설명하자면 앞장에서 설명했던 뇌의 3층 구조의 재통합이라 할 수 있다. 뇌간의 원초적인 생명력, 대뇌변연계의 감성, 대뇌피질의 창조성이 하나로 녹아든 상태이다.

*

뉴휴먼이 갖추어야 할 다섯 가지 조건을 통해 좀 더 구체적으로 이야기해보자.

첫째, 뉴휴먼은 건강한 사람이다. 우리는 보통 건강이라고 하면 육체적인 차원의 건강만 생각한다. 지금까지는 지병이 없으면 건강한 상태라고 여겼지만, 그것은 진정한 의미의 건강이라 볼 수 없다. 뉴휴먼이 갖추어야 할 건강함이란 '자기 몸의 기능과 에너지를 자기가 의도한 대로 100% 활용할 수 있는 상태'를 말한다. 이것이 바로 '내 몸은 내가 아니라 내 것이다'라는 말의 핵심이다. 건강한 사람은 자기 몸의 진정한 주인 노릇을 하는 사람이다.

둘째, 뉴휴먼은 양심적인 사람이다. 문화적 차이와 시대적 상황에 따라 옳고 그름을 판단하는 기준은 달라질 수 있지만 정직하고 양심적으로 살겠다는 의지는 영원하며, 모든 시대와 문화를 관통하는 중요한 가치이다. 양심은 우리 내면에 있는 신성의 목소리에 귀 기울이는 것이다. 양심이 없으면 몸과 마음의 참다운 건강도 무의미하다. '나는 누구인가? 내 인생의 목적은 무엇인가?' 양심은 바로 이런 질문을 하는 내면의 목소리에 귀 기울여 정직하고 용기 있게 대답하려는 의지이다.

셋째, 뉴휴먼은 능력 있는 사람이다. 나는 이 능력의 핵심을 '지성'이라고 생각하는데, 뉴휴먼은 자신의 지성을 자신이 뜻한 대로 활용할 수 있는 사람이다. '내 몸은 내가 아니라 내 것'이듯, '내 마음 또한 내가 아니라 내 것'이다. 지성은 복잡하고 어려운 정보를 많이 아는 능력이 아니라 밝고 건강하며 다른 사람에게 도움이 되는 실질적인 정보를 생산하는 능력이다. 아는 것만으로는 충분하지 않다. 지성은 아는 것을 넘어서 문제를 해결하는 능력이다. 그러므로 이러한 지성을 갖추기 위해서는 깊은 통찰력 못지않게 확고한 실천이 뒤따라야 한다.

넷째, 뉴휴먼은 정서적인 사람이다. 풍부한 감성을 통해 멋과 풍류를 아는 사람이다. 이 말은 파도치듯 출렁이는 감정의 기복을 즐기라는 뜻이 아니다. 그렇다고 감정의 변화를 피해 황무지처럼 메마른 가슴이 되라는 말도 아니다. 존재의 아름다움과 조화로움의 중요성을 느끼라는 말이다. 뉴휴먼은 자신을 둘러싼 세상의 아름다움을 제대로 느끼기 위해, 자신의 인생을 더욱 풍요롭고 조화롭게 만들기 위해 감정을 이용할 줄 아는 사람이다. 감정은 당신이 아니다. 단지 인생의 진실을 '느끼기' 위한 도구일 뿐이다.

다섯째, 뉴휴먼은 신령스러운 사람이다. 신령스러움은 자신의 에너지와 우주의 에너지가 하나로 연결되었을 때 찾아온다. 흔히 영감을 받았다고 할 때가 바로 우주의 에너지와 맞닿은 신성한 순간이다. 우주 만물은 이 신성한 에너지로 가득 차 있다. 그러므로 모든 존재는 신성하다. 우리 뇌에는 온갖 수준의 정보, 메시지, 생각이 드나든다. 그중에서 어떤 정보를 선택하느냐가 자신이 얼마나 신령스러운 사람인지를 결정한다. 신령스러운 사람이란 좋은 생각을 하고, 좋은 말을 하고, 좋은 정보를 생산하고, 그 정보를 일상생활에서 실천하는 좋은 습관을 지닌 사람이다. 뉴휴먼은 우리 뇌 속에 입력된 수많은 정보를 내면의 신성이라는 여과기로 걸러낼 줄 아는 사람이다. 중요한 것은 이처럼 신성함을 경험하고 상기해내는 것이 환히 빛났다가 순식간에 사그라지는 일시적인 것이 아니라, 일상적인 습관이 되어야 한다는 것이다.

*

뉴휴먼은 깨달음을 습관으로 만든 사람이며, 자신의 영적인 건강을 유지하기 위해 끊임없이 훈련하는 사람이다. 앞에서 말했듯이 10년 안에 인류가 깨달음의 혁명으로 도약하기 위해서는 1억 명의 뉴휴먼이 필요하다. 그리고 당신은 그 혁명을 일으키는 첫 불꽃이 될 사람이다!

우리 모두의
더 나은 미래를 위하여

인간은 사회라는 틀을 벗어날 수 없다. 태어나는 순간부터 죽을 때까지 사회가 요구하는 대로 행동하도록 교육받으며 그렇게 살아가게 되어 있다. 그런데 문제는 사회제도가 지금까지 1등만을 인정하도록 독려해왔고, 앞으로도 1등 이외의 대다수 사회 구성원을 사려 깊게 배려할 기미가 보이지 않는다는 것이다. 왜곡된 사회제도 때문에 정치, 경제, 종교, 과학, 교육이 인간의 화합과 평화를 추구하기보다 종종 특별한 개인이나 단체, 특정 국가의 이익을 도모하는 도구로 이용되어 왔다.

지금까지 우리는 인생이라는 극장에서 커튼 뒤에 무엇이 있는지조차 모르고 시키는 대로 팔다리만 움직이는 꼭두각시처럼 살아왔다. 그러나 이제 당신은 인생이라는 무대에 울려 퍼지는 신성한 음악에 맞춰 춤출 권리가 있는 창조적인 무용수라는 사실을 깨달아야 한다.

*

사람들에게 묻고 싶다. 지금 이 사회의 자기 파괴적인 경쟁 시스템 속에서 우리는 어떤 미래를 꿈꿀 수 있는가? 막다른 길로 치닫고 있는 우리의 미래를 이대로 뒷짐 지고 맞이해야 하는가? 그것이 모두가 진정으로 원하는 것인가?

한두 사람의 깨달음만으로는 거꾸로 돌아가는 이 기계를 멈출수 없다. 예수의 열두 제자가 다시 나타난다 해도 우리를 도울 수 없다. 우리에게는 1억 명의 깨달은 사도가 필요하다. 우리가 타고 있는 이 배의 항로를 바꾸는 것은 각 개인에게, 사회에, 그리고 인류로서 우리에게 달려 있다.

링컨 대통령은 역사적인 게티즈버그 연설에서 '국민의, 국민에 의한, 국민을 위한 민주주의'를 이야기했다. 150년 가까운 세월이 지난 지금, 그때 뿌려진 민주주의의 씨앗은 전 세계로 퍼져나가 꽃을 피웠고, 사회주의보다 우월한 정치제도로 인정받기에 이르렀다. 그러나 지구촌 곳곳에 민주주의가 뿌리내리고 줄기를 뻗어 나갔음에도 불구하고, 진정한 의미에서 민주주의를 온전히 꽃피운 나라는 어디에도 없다.

진정한 민주주의란 무엇인가? 나는 그것을 '홍익 민주주의'라 부르고 싶다. 소수 엘리트만을 위한 것이 아니라 사회구성원 전체의 더 나은 미래를 위한 민주주의이다.

정치, 경제, 종교, 문화, 과학이 서로를 이용하는 것이 아니라 서로 간의 경계가 사라질 때까지 함께 연대해 나가야 한다. 이러한 연대의 목표는 '우리 모두의 더 나은 미래 창조'라는 숭고한 이념이며, 이런 연대 위에 자리 잡은 민주주의야말로 참된 민주주의이다. 진정한 민주주의는 지배자나 승리자를 위한 것이 아니라 모두의 것이다.

법을 새로 제정하거나 법률을 강화한다고 진정한 민주주의가 만들어지는 것이 아니다. 진정한 민주주의는 오직 인류의 집단의식이 영적인 각성을 통해 일정한 수준에 도달할 때만 창조될 수 있다. 모두가 원하는 제도는 그런 다음에야 비로소 저절로 생겨난다.

*

나는 오늘날까지 민주주의를 발전시켜온 모든 이들을 진심으로 존경한다. 그들의 희생과 노력이 없었다면 우리는 인류 앞에 놓인 다음 단계의 정치적 과제를 올바로 깨닫지 못했을 것이다. 풍부한 물질과 지식을 바탕으로 영적인 진보를 도모하는 진정한 민주주의야말로 지금의 인류가 후손에게 남길 위대한 영적 유산이다.

미국은 세계에서 가장 부강한 나라이며, 스스로를 민주주의의 보루라고 믿고 있다. 나는 미국이 자신이 가진 능력과 지위를 한껏 활용하여 다음 단계인 더 높은 민주주의를 실현하는 데 앞장서야 한다고 생각한다. 이것이 미국이란 나라가 이 세상에 탄생한 목적일 것이다.

통신과 운송 수단의 발달로 이제 지구촌이란 단어가 전혀 낯설지 않게 되었다. 인류는 신의 능력에 속한다고 믿었던 시간과 공간의 한계를 초월하는 지점에까지 도달했다. 이렇게 국가 간의 거리가 좁아지고 있을 때 우리가 힘을 모은다면 이 지구촌을 보다 나은 방향으로 변화시킬 수 있지 않을까?

식량 문제, 환경 문제, 종교 문제 등 장애가 너무 많다고 불평을 늘어놓는 사람들도 분명히 있을 것이다. 하지만 이 모든 문제의 주범은 인간이기에 그 해결 방법을 찾아낼 수 있는 것도 우리 인간이다.

지금 우리에게 필요한 것은 의식의 전환이다. 경쟁과 지배라는 패러다임을 버리는 것만으로도 우리는 충분히 세상을 바꿀 수 있다. 그것을 깨닫는 것만이 문제를 해결할 수 있는 최선이며, 최고의 방법이다. 그러면 세상은 오히려 자기 발견과 인간의 신성 회복을 위한 요람이 될 것이다. 그런 세상이야말로 이 세상 본연의 모습이며, 진정한 민주주의가 완성된 세상이다.

기氣의 폭발

기를 처음으로 느낀 것은 여덟 살 때 어머니의 심부름으로 눈 쌓인 산길을 걸을 때였다. 그로부터 20년이 지난 어느 날, 나는 공부할 책을 구하기 위해 서울 청계천에 있는 한 고서점에 들렀다. 기와 역학, 한의학 관련 책을 찾으러 자주 들르던 곳이었다.

서가를 훑어보다가 불에 타서 표지가 다 떨어져 나간 책이 눈에 띄었다. 무심코 집어 들어 펼쳤더니 "선禪을 통해 기를 터득하면 천하무적이 된다."라는 글귀가 눈에 들어왔다. 글을 읽는 순간, 수십만 볼트의 전류에 감전된 것처럼 온몸에 전율을 느꼈다. 15년이 넘게 태권도와 합기도에 몰두해왔고, 그동안 기에 관한 책을 수도 없이 읽었지만 내 몸에서 그런 반응이 일어난 것은 처음이었다.

미처 생각을 정리할 겨를도 없이 이번에는 온몸의 전율이 잦아들면서 안온하고 포근한 기운이 몸 전체를 감쌌다. '아, 이 느낌!' 언젠가 분명 만났던 느낌이었다. 여덟 살 때 눈 쌓인 산길을 걸으며 경험했던 바로 그 느낌이었다. 순간 마음이 차분하게 가라앉으며 어떤 경건함이 내 중심에 자리 잡았다.

나는 가만히 책을 덮어 제자리에 두고 조용히 책방을 나왔다. 행여나 그 느낌을 잃어버릴까 조심스럽게 걸으며 집으로 돌아왔다. 그날 밤 내일은 새벽 4시에 일어나서 수련해야겠다고 생각하며 일찍 잠자리에 들었다. 다음 날 눈이 떠져서 시계를 보니 정확히 새벽 4시였다. 나는 일어나지 않았다. 몸이 저절로 일으켜 세워졌다. 그리고 내 발걸음이 저절로 산으로 향했다. 내가 가는 것이 아니었다. 의지를 내기 전에 몸이 먼저 움직였다.

그날부터 내 생활이 완전히 달라지기 시작했다. 책을 봐야겠다고 생각하면 손이 저절로 가서 책을 집어 왔다. 밥을 먹을 때도 마찬가지였다. 내 손이 수저를 드는 것이 아니었다. 기운이 내 손을 들어 올렸다. 내 인생에 무언가 중대한 변화가 일어나고 있음을 직감적으로 알아차렸다. 책에서만 읽었고 말로만 들었던 내기內氣를 경험하게 된 것이다.

고서점에서 기를 느낀 그다음 날부터 자연스럽게 백일수련을 시작했다. 매일 새벽 4시가 되면 어김없이 눈을 떠서 뒷산으로 올라갔다. 앉기만 하면 온몸의 무게감이 사라지고 저절로 단전호흡이 되었다. 기운을 타고 손이 저절로 둥실 떠올라 한 번도 배운 적이 없는 무예 같기도 하고 춤 같기도 한 동작이 터져 나왔다. 맥박 뛰는 소리가 북소리처럼 크게 들리는가 하면 몸 안에서 혈액 흐르는 소리가 폭우가 쏟아진 뒤의 계곡물처럼 콸콸 들리기도 하였다. 몸을 지탱하는 모든 뼈마디가 해체되었다 다시 맞추어지는 듯한 강렬한 체험을 했다.

이 세상이 내 눈앞에 보이는 하나의 차원으로만 이루어진 게 아니라는 사실을 알게 되었다. 여러 차원의 에너지 층이 우리가 실재라고 느끼며 살아가는 이 세계와 겹겹이 쌓여 공존하고 있었다. 영혼들의 세계가 눈에 보이기도 했다. 영혼을 본다고 하면 사람들은 반신반의하지만, 사실 영혼이란 몸으로 자신을 나타내기에는 미약한 에너지의 흐릿한 반영일 뿐이다.

당시 나는 어느 병원의 임상병리실에 근무했는데 병에 걸린 사람을 만나면 말을 꺼내기도 전에 그 사람이 어떤 질병에 걸려 있는지, 어떤 심리적인 문제가 있는지 읽어낼 수 있었다. 암에 걸린 사람은 건강한 사람과 달랐다. 당뇨에 걸린 사람도 마찬가지였다. 감정적인 상처 때문에 괴로워하는 사람에게는 아주 다른 느낌이 전해져왔다. 그들의 몸과 마음이 뿜어내는 에너지의 미세한 파동이 냄새, 색깔, 진동 등으로 감지되었다.

*

강추위가 시작된 어느 아침, 눈밭에 앉아 명상하고 있었다. 그날은 나 자신과 약속했던 백일수련의 마지막 이틀을 남겨둔 날이었다. 간절한 마음으로 살을 에는 바람을 참으며 앉아 있었다. 정신을 집중해 단전에 기를 모으면 웬만한 추위쯤은 견뎌낼 수 있었다. 하지만 그날은 몹시 추웠다. 온몸이 덜덜 떨렸고, 호흡이 가빠져 도무지 집중할 수 없었다.

사지 끝에서부터 온몸이 마비되기 시작했다. 무릎까지 얼기 시작하자 이러다가 큰일이 나겠다는 생각이 들었다. 하지만 거기서 일어나면 그동안 들여온 정성이 허사가 될 판이었다. 나는 포기하기 싫었다. 숨쉬기가 더욱 힘들어졌다. 점점 정신이 혼미해지면서 아련한 현기증 속으로 빠져들고 있었다. 갑자기 두려움이 밀려왔다. 황급히

몸을 일으켜 세우려 했다. 그러나 이미 늦었다. 온몸이 마비되어 일어날 수가 없었다. 모든 걸 포기했다. 생각으로만 그런 게 아니라 정말로 모든 것을 완전히 포기했다. 나도 모르게 기도가 흘러나왔다.

"이제 나를 모두 버리니, 하늘이여! 나를 받아주십시오."

바로 그 순간 숨이 깊이 들이마셔지면서 허리 뒤쪽에서 단전으로 따뜻한 기운이 물밀듯 밀려들었다. 단전에서 무언가가 꿈틀대더니 아주 뜨거워지면서 열기가 폭발하듯 온몸을 돌아다니는 것이었다. 열기는 몸 밖으로까지 퍼져나가 내 주변의 눈을 녹이기 시작했다.

내 몸 안에서 일어나는 이 경이로운 생명현상을 지켜보았다. 따뜻한 기운이 마치 누에고치처럼 온몸을 감쌌다. 극한 상황에서 나를 완전히 놓아버리고 하늘에 모든 것을 맡긴 그 순간, 내 안에 있는 생명 에너지가 폭발하고 있었다.

나는 이런 과정들을 거치면서 수많은 기적氣的 현상을 경험했다. 그러나 여전히 풀리지 않는 의문 하나가 나를 괴롭혔다.

'나는 누구인가?'

이 질문에 답을 얻지 못한다면 나는 그저 기적 체험이 풍부한 사람에 불과하다는 생각에 마음이 답답하고, 안타깝고, 슬펐다. 다른 사람이 보지 못하는 세계를 보고, 기를 마음대로 조절하고 다스릴 수 있다고 한들 도대체 그게 무슨 소용이란 말인가!

*

옛 경전에서 읽은 기 수련에 얽힌 이야기이다.

10년 동안 기를 터득하는 공부를 한 수도자가 있었다. 마침내 그는 강물 위에 기로 다리를 만드는 경지에까지 이르렀다. 어느 날 스승 앞에서 눈에 보이지 않는 기의 다리 위를 왔다 갔다 건너면서 자신의 재주를 선보였다. 수도자는 스승이 크게 칭찬하리라 잔뜩 기대했지만, 스승은 버럭 화를 내며 고함을 질렀다.

"이 어리석은 놈아! 너는 10년 동안 허송세월을 하였구나. 언제라도 마음만 먹으면 저 싸구려 배로 강을 건널 수 있지 않으냐!"

내가 바로 그 수도자와 다를 바 없다고 생각했다. 아무리 많은 능력을 가지고 있다고 한들, 내 마음속을 가득 메우고 있는 이 한 가지 질문에 답할 수 없다면 무슨 소용이란 말인가? '나는 누구인가?'

그 시절에 나는 이 생각 때문에 기쁨도 사랑도 아무런 욕망도 느낄 수 없었다. 귀가 있으나 들리지 않았고, 눈이 있으나 보이지 않았다. 그저 속에서는 열불이 나고, 피가 마르는 소리가 들렸다.

1억 명이 깨달음을 선택하면 지구가 바뀐다

4장

미래를 위한
선택과 결심

깨달음의 '추구'에서
깨달음의 '실천'으로

"인류가 안고 있는 심각한 문제들을 해결하려면 어떻게 해야 합니까?" 사람들이 내게 이런 질문을 던질 때마다 유엔의 지도부를 만났던 때가 떠오른다. 그때 나를 안내했던 사람은 당황스럽게도 나를 '한 세기에 한 번 나올까 말까 한 동방의 영적 지도자'라고 소개했다. 거창한 소개가 끝나자 질문이 쏟아지기 시작했다.

"종교전쟁을 종식하려면 어떻게 해야 할까요?"

"인종 갈등의 해법은 무엇이라고 생각하십니까?"

환경, 교육, 마약 문제까지 그들은 대답할 사이도 없이 잇달아 질문을 퍼부었다. 내게 질문을 던진 이들이야말로 세계가 인정하는 각 분야의 전문가들이었다. 그들은 자신의 전문 분야만큼은 내가 평생 배운 것보다 훨씬 구체적이고 많은 지식을 가진 사람들이었다. 나는 그들에게 그 모든 문제의 해법은 지극히 간단하다고 말했다. 호기심과 기대감으로 가득 한 눈들이 일제히 내게로 향했다.

*

"어렵게 생각할 것 없습니다. 잘 놀기만 하면 됩니다. 오늘날 인류가 당면한 많은 문제는 서로 잘 놀지 못해서 생긴 것입니다. 첫째, 우리는 자기 자신과 잘 놀지 못합니다. 둘째, 다른 사람들과도 잘 놀지 못합니다. 셋째, 다른 단체와도 잘 놀지 못합니다. 넷째, 국가와 국가도 잘 놀지 못합니다. 종교도 마찬가지입니다. 심지어 우리는 자연과도 잘 놀지 못합니다.

왜 이렇게 되었을까요? 우리가 잘 노는 방법을 한 번도 제대로 배우지 못했기 때문입니다. 지금의 교육은 오직 나와 너를 구별하고, 경쟁자를 만들어내는 데에만 집착하고 있습니다.

우리가 자연과 잘 놀 때 환경 문제는 저절로 사라질 것입니다. 우리가 다른 사람들과 잘 논다면, 많이 가진 사람과 가난한 사람 사이의 갈등도 사라지게 될 것입니다. 종교와 종교가 잘 논다면, 종교전쟁이라는 비극은 더 이상 일어나지 않을 것입니다. 인종과 인종이 잘 논다면, 인종차별주의도 옛말이 될 것입니다. 잘 노는 것, 그것만이 해결 방법입니다."

*

정말 그렇다. 나는 잘 노는 것이 진정한 해결 방법이라고 생각한 다. 지금까지 인류는 모두가 마음 깊이 동의하는 비전을 만들어내 지 못해서 전 지구적 차원의 조정 능력을 잃어버렸다. 갈등을 통 합하는 중심 가치의 부재로 각종 국제기구는 이익 단체화했다. 그 리고 우리 뇌 속에 들어 있는 정보는 모두를 끝없는 경쟁으로 몰 고 갔다. 우리는 정보를 조절하여 주인 노릇을 한 게 아니라 정보 에 휘둘려 살아온 것이다.

지속적인 훈련을 통해 한 사람 한 사람이 경쟁만을 강요하는 정보에 초연할 수 있다면 분명 이 모든 문제는 사라질 것이다. 우 리가 가진 정보를 신성이라는 여과기로 걸러내고, 우리 뇌를 진정 한 삶의 목적을 위해 사용할 수 있는 프로그램과 방법이 지금 바 로 눈앞에 있다. 필요한 것은 깨닫겠다는 우리 의지이며 선택이 다. 이제 잘 노는 방법을 가르쳐줄 깨달음의 문화운동으로 뛰어들 선택과 결심만 남았다.

1억 명이 깨달음을 선택하면 지구가 바뀐다

"뇌가 바뀌면 세상이 바뀐다." 이것이야말로 21세기 사회와 문화를 이끌어갈 메시지이다. 뇌에 입력된 정보를 조절할 줄 알게 되면, 우리는 육체적·정신적·영적 건강을 회복할 수 있다. 더 나아가 스스로 치유자가 되어 다른 많은 이들과 더불어 병든 지구를 치유할 수도 있을 것이다.

*

정치적 차원에서 앞으로 우리가 할 일은 소수의 엘리트를 위한 정치가 아니라 모든 사람에게 더 나은 미래를 약속하는 진정한 민주주의를 꽃피우는 것이다. 현재 우리 사회가 보여주는 권력을 가진 자와 아닌 자, 부를 가진 자와 아닌 자 같은 식의 대립 관계를 넘어서 존경과 이해로 맺어진 새로운 관계를 만들어가야 한다. 우리에게 필요한 것은 홍익 민주주의이다. 이것이 모두가 더 나은 미래를 보장받는 민주주의이다.

*

종교적 차원에서는 임의로 신적인 존재를 만들어놓고 피상적으로 섬기는 일을 멈추어야 한다. 그리고 우리 안에 있는 참된 신성의 세계로 들어가야 한다. 수동적으로 신을 숭배하는 태도를 반복하는 한 아무런 발전도 기대할 수 없다.

우리에게 필요한 것은 이 세상을 변화시킬 활동하는 신성이다. 우리는 깨달은 활동가가 되어야 한다. 적극적인 영적 실천주의자가 되는 것, 이것이 '깨달음의 혁명'의 핵심이다. 종교는 스스로를 노예화하는 경쟁 패러다임에서 벗어나 인류 전체를 영적으로 고양하는 일에 앞장서야 한다.

*

경제 활동의 목적도 달라져야 한다. 이기적인 만족감을 채우거나 최소한의 노력으로 많은 돈을 버는 것이 경제 활동의 목적이 아니다. 어떻게 하면 노동력을 효율적으로 배치해 생산성을 높일까, 어떻게 하면 새로운 가치를 창출해 이윤을 얻을까, 이런 것들이 경제 활동의 주된 목적이 되어서는 안 된다. 경제 활동은 우리가 영적인 성장이라는 여행을 하는 동안 우리를 위해 봉사하는 하나의 도구이다. 경제 활동의 목표도 몸의 욕망을 만족시키는 물질적인 목표에서 참자아의 의지를 돕는 영적인 목표로 근본적으로 방향을 전환해야 한다. 경제 활동이란 우리 인생의 진정한 목표 달성을 돕기 위해 연장통 속에 들어 있는 또 하나의 연장일 뿐이다.

*

과학도 마찬가지이다. 복제 인간, 인공지능 같은 최첨단 연구 성과도 '인간이란 무엇인가'라는 질문을 되풀이하게 할 뿐 해답을 주지 못했다. 과학이 이러한 질문에 답하지 못하는 까닭은 아직도 인간을 보는 시각이 육체에 한정되어 있기 때문이다. 인간이라는 존재를 제대로 알고자 한다면 먼저 인간이 영적 존재라는 사실을 받아들여야 한다.

과학은 소수를 위한 지배욕과 탐욕을 만족시키기 위해 때로는 인간의 영적인 본성을 앗아가는 일도 서슴지 않았다. 이제 과학은 인류가 전 지구적인 차원에서 참다운 영적 진보를 하는 데 도움이 되는 구체적이고 물리적인 토대를 마련해야 한다. 지금이야말로 우리가 과학을 영적인 목적을 위해 활용할 적기이다.

*

의학 또한 육체적인 질병을 다루고 통증을 경감시키는 차원에서 벗어나, 우리를 몹시 고통스럽게 하는 감정과 마음과 영혼의 상처를 치유하는 데 눈을 돌려야 한다. 의학이 앞으로 나아갈 방향은 인간이 타고난 자연치유력을 회복하고, 몸과 마음과 영혼이 균형을 이루도록 하는 것이다. 이제는 질병의 증상만 보고 단순히 물리적인 방법으로 치료하는 데서 한 걸음 더 나아가, 질병을 불러온 영혼의 메시지에도 귀 기울여 질병을 예방할 수 있어야 한다.

*

21세기에 가장 중요한 역할을 할 분야가 교육이다. 교육을 통해

'서로 잘 노는 법'을 가르쳐야 하기 때문이다. 이를 위해서는 기존 교육이 강요하는 패러다임에서 과감히 벗어나야 한다.

　우선 나부터 잘되고 보자는 식의 사고, 내가 잘되기 위해서는 남을 제치고 경쟁에서 승리자가 되는 길밖에 없다고 부추기는 생명력 없는 패러다임 대신, 인간의 가치와 인생의 참목적을 가르치는 새로운 교육 패러다임을 창조해야 한다. 무엇보다 뇌가 지닌 무한한 능력을 일깨우고 더 많은 사람이 이 영적인 여행의 선구자가 되도록 독려해야 한다. 교육을 통해 10년 안에 1억 명의 뉴휴먼을 창조할 때, 우리는 깨달음의 혁명에 도달할 것이다.

*

스포츠와 예술은 지극히 상업적인 목적으로 극소수의 슈퍼스타를 만들어내고 그들을 우상처럼 숭배하게 만드는 행위를 그만두어야 한다. 스포츠와 예술은 인간이 타고난 영적 본성을 아름답게 표현해내는 여러 방법 가운데 하나이다. 스포츠와 예술은 최종 목적지가 아니라, 인간의 영적 성숙을 위한 여행에서 활용하는 표현 수단이어야 한다.

*

앞에서 말한 내용은 전문가만 할 수 있는 일이 아니다. 우리가 진실하고 순수하게 자기 안에 잠재된 신성을 회복하고, 인류의 영적 진화를 위한 일에 동참하겠다는 결심을 하면 얼마든지 해낼 수 있는 일이다. 이것은 숨 쉬는 것만큼이나 쉬운 일이다. 그동안 우리는 엉뚱한 미로를 만들고 자꾸 복잡하게 비틀어서 문제를 해결하려 했기에 코앞에 있는 이 쉬운 방법을 보지 못했을 뿐이다.

나 역시 앞에서 말한 각 분야의 문제들을 해결해나갈 전문가는 아니다. 다만 우리가 진정으로 나아가야 할 길이 무엇인가를 제안했을 뿐이다. 나는 모든 분야에 특출한 능력을 지니지도 못했고, 정통한 지식을 가진 것도 아니다. 내가 다시 한번 강조하고 싶은 것은 이 세상을 변화시키는 데 반드시 특별한 능력이나 지식이 필요한 것은 아니라는 사실이다.

오직 깨닫겠다는 선택을 하고 지속적으로 훈련을 해나가면 된다. 깨달음이란 이미 우리 안에 들어 있는 것을 회복하는 것에 불과하다. 잊고 지내던 참자아를 상기해내는 것일 뿐이다.

사람은 누구나 깨달을 수 있다. 선택하기만 하면 된다. 깨달음은 당신에게 커다란 자기희생을 강요하지 않는다. 신성에 의지하면 우리는 깨달음과 현실이라는 두 마리 토끼를 다 잡을 수 있다.

　내가 이 책을 쓴 이유는 모두에게 깨달음을 현실로 받아들이라고 말하기 위해서이다. 모두가 깨달음의 전문가가 되기를 바란다. 모두가 사랑과 평화와 조화로움이 넘치는 새로운 지구촌의 일원이 되기를 바란다. 10년 안에, 1억 명의 깨달은 사람이 반드시 우리 안에서 탄생할 것이라는 굳은 신념과 확신으로 이 책을 세상에 내놓는다.

천지기운 내 기운, 천지마음 내 마음

기를 터득하고 조절하는 힘은 얻었지만, 삶에 관한 궁극적인 해답을 얻지 못했다는 사실이 나를 괴롭혔다. 오랜 고민 끝에 마침내 사생결단하는 심정으로 산으로 들어갔다. 내가 구하는 해답을 얻기 전에는 죽어도 산에서 내려가지 않으리라 다짐했다. 21일 동안 먹지도, 잠을 자지도 않으면서 나 자신을 존재의 극한, 삶과 죽음의 경계까지 몰고 갔다.

단지 깨어 있기 위해 마냥 걷기도 했고, 소나무 한 그루를 붙들고 며칠을 서 있기도 했다. 쏟아지는 잠을 쫓기 위해 두 길 높이의 폭포가 시작되는 절벽 끝에 앉아서 버티기도 했다.

그렇게 보름쯤 지내고 나니 머리가 깨질 것 같은 두통 때문에 정신을 차릴 수 없었다. 머리뼈가 늘어나는 것처럼 빠지직거리는 소리가 연신 고막을 울렸고, 눈이 빠질 듯 아팠다. 뇌가 시들시들 쪼그라들면서 바짝 마르기 시작하는 것을 느꼈다. 금방이라도 머리가 폭발할 것만 같았다. 잠을 자고 뭐라도 먹지 않으면 진짜 죽을지도 모른다는 두려움이 엄습해왔다. 그 고통을 피하고자 심지어 바위에 머리를 부딪히기까지 했다. 그러나 고통은 조금도 줄지 않고 점점 더 심해졌다. 더 이상 견딜 수 없는 상태에 이르렀을 때, 나는 마침내 모든 노력을 포기했다. 완전한 포기의 순간에 내면에서 울려오는 목소리가 있었다.

　"내 몸은 내가 아니라 내 것이다."

　아픈 것은 내 몸이지 내가 아니지 않은가. 고통도 몸이 있고 감각이 있기 때문에 느끼는 것이지 몸이 없다면 무슨 고통이 있겠는가. 그러니 이 몸을 버린다면 지금 눈이 빠지고 귀가 멀 것 같은 이 고통도 순식간에 사라질 것이 아닌가.

　"펑!"

　'내 몸은 내가 아니라 내 것'이라는 생각이 나를 뚫고 지나간 그 순간, 갑자기 머릿속에서 엄청난 폭발음 같은 소리가 났다. '이제 내 생명이 끝났구나!'라고 생각했다. 그러나 죽지 않고 살아 있었다. 언제 머리가 아팠냐는 듯이 지극한 평화로움 속에 있었다. 죽을 것 같던 통증에서 해방되었을 뿐만 아니라 내 앞에 말로 표현할 수 없는 밝음이 펼쳐졌다. 온몸에서 세포 하나하나의 감각이 믿을 수 없을 정도로 확장되었다. 내 안에서 홀연히 소리가 울려 퍼졌다.

"나는 누구인가?"

"나는 천지기운이다."

"천지기운 내 기운 내 기운 천지기운, 천지마음 내 마음 내 마음 천지마음."

온 천지가 나와 함께 호흡하고 있었다. 우주와 내가 둘이 아니었다. 산과 내가, 저 강과 내가 둘이 아니었다. 나는 천지의 주인이었다. 내 안에 천지가 있었다. 그 순간, 생生과 사死란 것이 원래부터 없었다는 사실을 깨달았다. 나는 이 몸을 받기 전부터 있었다. 나는 태어난 적이 없었다. 태어난 것은 육체일 뿐이고, 육체는 망상이었다. 나는 원래부터, 태초부터 있었다. 나는 '나'라는 큰 감옥에서 비로소 해방되었다.

감옥에서 빠져나오고 나서야 감옥 문이 언제나 열려 있었다는 사실을 알게 되었다. 그리고 말할 수 없는 슬픔과 깊은 연민 속에서 똑똑히 보았다. 문은 언제나 활짝 열려 있는데도, 내가 그러했던 것처럼 얼마나 많은 사람이 비좁은 창살 사이로 빠져나오려고 안간힘을 쓰며 고통받고 있는지를! 깨닫고 나서 세상을 보니 세상은 거대한 마법에 걸려 있었다. 사람들은 모두 깊은 최면 속에서 살고 있었다.

앞에서 누누이 강조했지만 우리는 깨달음이라는 열린 문을 향해 걸음을 떼기만 하면 된다. 언제나 활짝 열려 있는 그 문 바깥으로 한 걸음 내딛는 것은 오직 각자의 선택에 달려 있다.

그런데 그 한걸음에 자신은 물론이고, 지구와 인류의 미래가 달려 있다. 우리 가슴 속 깊은 곳에는 나와 세상을 위해 좋은 일을 하고자 하는 '홍익弘益'의 본능이 있다. 누구에게나 있는 그 신성의 씨앗은 피해의식과 이기심과 자만심이 자리한 곳보다 더 깊고, 감각적 즐거움을 찾는 본능보다 더 깊은 곳에 있다. 우리는 그 씨앗이 있다는 사실을 알아차리고, 그것을 표현하며 살아가면 되는 것이다.

깨달음은 특별한 사람만 도달할 수 있는 특수한 의식 상태가 아니다. 깨달음은 이제 상식이 되어야 한다. 평범한 사람들의 깨달음, 이것만이 지구와 인류의 희망이다.

문밖으로 걸어 나온 사람에게 남은 유일한 일이란 아직도 문 안에서 머뭇거리는 이들에게 문밖의 세상이 얼마나 아름답고 가치 있는지를 끊임없이 알려주는 것이다.

당신은 지금 어디에 서 있는가? 문은 언제나 열려 있다. 이제 우리의 깨달음을 세상과 함께 나누자. 다 함께 깨달음의 혁명을 시작하자!

지금 우리에게 필요한 것은

의식의 전환이다.

경쟁과 지배라는 패러다임을 버리는 것만으로도

충분히 세상을 바꿀 수 있다.

1억 명이 깨달음을 선택하면

지구가 바뀐다.

우리에게는 깨달음의 문화유산이 있다

서구에서 명상이 트렌드가 된 지도 꽤 오래되었다. '소울 러시Soul Rush'라는 말이 시사용어가 될 정도로 많은 사람이 영적인 탐구에 진지하게 몰입하고 있다. 지금 미국에서 영적인 스승이라 불리며 활동하는 이들만 해도 수천 명이 넘는다. 그들이 공통으로 이야기하는 주제가 '깨달음'이다. 세계적으로 정신세계에 대한 관심이 고조되고 있으며 우리나라 또한 예외가 아니다.

도대체 깨달음이 무엇이기에 수천 년 동안 그 많은 사람이 깨달음을 얻겠다고 스승을 찾아 헤맸고, 고행도 마다하지 않은 것일까? 또 깨달음을 얻었다는 이들은 왜 "당신 스스로가 깨닫기 전에는 가르쳐줄 수 없는 '무언가'를 알고 있다."고 하면서 사람들이 끊임없이 그 '무언가'를 찾아 헤매게 만드는 것일까?

＊

한 강연회에서 누군가가 나에게 물었다.

"당신은 정말로 깨달았습니까?"

그의 질문은 다분히 도전적이었지만 솔직했다. 대부분의 사람은 그렇게 묻지 못하고 자신도 잘 모르는 질문들을 빙빙 돌려서 던지곤 한다. 그의 질문에는 나름의 진지함과 열의가 보였다. 그래서 대답했다.

"당신은 깨달음이 무엇인지 아십니까? 내가 깨달은 사람인지 아닌지 확인할 수 있는 눈이 당신에게 없다면 내가 어떤 대답을 하든지 그게 무슨 의미가 있습니까? 그러나 질문을 했으니까 답하겠습니다. 나는 깨달았습니다."

그는 단단히 마음을 먹었는지 다시 단도직입적으로 물었다.

"도대체 무엇을 깨달았습니까?"

나는 웃으면서 대답했다.

"나는 깨달을 것이 없다는 것을 깨달았습니다."

나는 집게손가락을 펴 보이며 그 자리에 있는 사람들에게 물었다.

"이 손가락이 몇 개로 보입니까?"

순간 사람들 사이에는 내가 던진 질문의 의도를 헤아리느라 침묵이 흘렀다. 내가 뭔가 심오한 화두를 던지고 있는 것은 아닌지 살피면서 다들 대답을 머뭇거렸다. 왜 분명 하나로 보이는 손가락을 두고 사람들은 이토록 대답을 망설이며 복잡한 생각 속에 빠져드는 것일까?

"내 눈에는 이 손가락이 하나로 보입니다. 깨달음의 환상에서 벗어나십시오. 깨달은 사람이 보는 세계가 여러분이 보는 세계와 다를 것이라는 생각은 망상일 뿐입니다. 깨달음이란 보고, 듣고, 느끼는 이외의 다른 것이 아닙니다. 보고 듣고 느끼는 것을 있는 그대로 받아들일 수 있는 것이 바로 깨달음입니다."

*

진리란 노력이 필요치 않다. 깨닫고자 노력하고, 보기 위해 노력하는 그 자체가 우리를 진리에서 멀어지게 한다. 만약 어떤 노력을 통해 깨달음을 얻었다면 그 깨달음은 가짜이다. 아무런 노력을 하지 않는 가운데 자연스럽게 보고 듣고 느끼는 것, 그것이 깨달음이고 진리이다.

그러므로 나의 진리와 당신의 진리가 다르지 않다. 그렇기 때문에 진리는 함께 나눌 수 있고 실현할 수 있는 것이다. 전달할 수 없는 깨달음, 함께 나눌 수 없는 진리는 그저 개인적인 환상일 뿐이다.

이미 우리에게 주어져 있고, 항상 그 상태로 있다는 것을 아는 것이 깨달음이기에 깨달음 자체는 그리 특별한 성취가 아니다. 그리고 그것이 당신의 성취도 아니다. 깨달음은 최종 목적지가 아니라 출발점에 불과하다. 신성은 이미 우리에게 주어져 있다. 중요한 것은 신성을 지닌 존재로서 자신이 처한 상황을 바로 보고, 어떤 선택을 하고, 그 선택의 결과에 책임을 지는 것이다.

깨달음이 선택이라면 그 깨달음을 실천하는 것이 내가 이 책에서 말한 '힐링healing', 치유이다. 지금껏 인류는 깨달음을 추구해왔다. 그러나 깨달음은 '추구'하는 것이 아니라 '실천'하는 데 의미가 있다. 우리의 깨달음을 증명할 방법은 실천 이외에는 없다. 깨달음을 말로 설명할 수 없고 과학적으로 논증할 수도 없다면, 실천 이외에 무엇으로 우리의 깨달음을 확증하겠는가?

이제 영성의 트렌드가 바뀌어야 한다. 깨달음의 추구에서 깨달음의 실천으로, 명상에서 치유로! 힐링이 참되게 살고자 하는 사람들 사이에서 하나의 트렌드가 되고, 더 많은 사람이 이에 동참할 때, 힐링은 일시적인 유행이 아니라 하나의 지속적인 운동으로, 우리 사회를 살리고 지구를 살리는 거대한 문화운동으로 성장할 것이다.

*

누구나 보고 듣고 느끼는 것을 근거로 판단하고 선택하며 살아간다. 나도 마찬가지이다. 내가 보고 듣고 느끼기에, 지금 우리가 살아가는 방식에는 분명히 문제가 있다. 인류가 그동안 선택해온 결과로 우리 삶의 터전인 지구가 깊이 병들어 신음하고 있다. 내 눈에는 그 모습이 너무나 확연하게 보인다. 보는 것마다, 시선이 닿는 곳마다 하늘과 땅과 사람이 앓고 있는 모습이 보인다. 당신이 보고 듣고 느끼기에는 어떠한가?

깨달음을 얻었다는 사람들은 존재하는 모든 것이 완전하다고 말함으로써 이 문제를 피해 가고 싶어 한다. 물론 존재하는 모든 것은 완전하다. 하지만 그렇게 말하는 것은 전혀 다른 차원의 문제이다.

몸에 병든 세포가 있을 때, 그 세포가 죽어서 사라지는 것으로 우리 몸이 가진 자연치유력의 완전함이 드러날 수 있다. 하지만 그 병든 세포가 건강한 세포로 치유됨으로써 자연치유력의 완전함이 드러날 수도 있다.

지구를 황폐하게 만든 원인 제공자인 인류가 사라지는 것으로 우주 질서의 완전함이 드러날 수도 있다. 하지만 인류가 영적으로 성장하여 지구와 인류 사회의 건강을 되찾음으로써 우주 질서의 완전함이 더 위대하게 드러날 수도 있지 않겠는가. 이것은 선택의 문제이다.

영적인 삶을 추구하는 사람이 빠질 수 있는 가장 큰 함정이 개인주의와 자아도취, 사회에 대한 무신경이다. 깊은 명상 속에서 한없는 평화와 기쁨을 느끼는 것이 나쁘다는 것이 아니라 자기가 발붙인 현실에서의 책임을 회피하지 말자는 것이다. 우리는 절대로 혼자서 완성된 깨달음에 도달할 수 없다. 함께 살아가는 가족, 이웃, 동료와 공동체 속에서 우리의 깨달음도 자라고 성장하며 열매를 맺는다.

*

진리는 넘치는 곳에는 덜어냄으로써, 모자라는 곳에는 채움으로써 스스로 완전함을 드러낸다. 넘치는 곳에서는 덜어냄이 진리이고, 모자라는 곳에서는 채움이 진리이다. 문제가 있는 곳에서는 치유가 진리이다. 개인과 사회, 지구에 문제가 있다면 그 문제를 해결하는 것이 진리이다. 치유가 곧 진리이다.

그래서 나는 지난 2000년 8월 유엔에서 열린 전 세계 종교와 영성 지도자의 만남인 '밀레니엄 세계평화회의'에서 한반도의 비무장지대에 세계평화공원을 조성하고, 그곳에서 세계문화올림픽을 개최할 것을 제안했다. 이 시대의 마지막 분단국인 우리나라야말로 평화와 이해와 관용이 가장 절실한 곳이다. 그러므로 깨달음의 문화운동을 역동적으로 꽃피울 수 있는 잠재력을 가진 나라이다.

우리 사회 전반에 걸친 문제에 대해 염려하며 절망하고 있는 이들에게 나는 지금 우리에게 가장 필요한 진리는 '치유'라고 말하고 싶다. 한국인으로서 당신이 처한 현실에서 보고 듣고 느낀 바는 무엇인가? 그리고 그것에 대해 당신이 할 수 있는 최선의 '선택'은 무엇인가? 나는 이 책을 읽고 있는 독자들에게 깨달음만이 유일한 희망이라고 말하고 싶다.

우리에게는 눈부신 깨달음의 문화유산이 있지 않은가? "태양과 같이 마음이 밝은 자는 자기 안에 하늘과 땅이 들어 있음을 안다(本心本 太陽昻明 人中天地一)." 〈천부경〉이 전하는 이 정신이 우리 유전자 속에 녹아 있다. 그래서 나는 내가 한국인이라는 사실이 자랑스럽다.

'깨달음의 혁명'이라는 인류의 대장정에 나라와 민족의 구분이 있을까마는 한국인이 먼저 앞장서주기를 바라는 마음 간절하다. 우리가 꽃피우며 살아갈 이 정원이 너무 황폐해져서 폐쇄 결정이 내려지기 전에 우리가 해야 할 일을 하자. 우리 영혼이 선택한 이 아름다운 땅, 한반도, 나아가 지구를 치유함으로써 다 함께 신성의 증거가 되자.

힐링 소사이어티

초판 1쇄 발행 2001년(단기 4334년) 2월 1일
개정 1쇄 인쇄 2023년(단기 4356년) 5월 16일
개정 1쇄 발행 2023년(단기 4356년) 5월 23일

지은이 · 이승헌
펴낸이 · 심남숙
펴낸곳 · (주)한문화멀티미디어
등록 · 1990. 11. 28. 제 21-209호
주소 · 서울시 광진구 능동로 43길 3-5 동인빌딩 3층 (04915)
전화 · 영업부 2016-3500 편집부 2016-3532
http://www.hanmunhwa.com

운영이사 · 이미향 | 편집 · 강정화 최연실 | 기획 홍보 · 진정근
디자인 제작 · 이정희 | 경영 · 강윤정 조동희 | 회계 · 김옥희 | 영업 · 이광우